El rey de las montañas

El primer rey de Hispania

MARIO ESCOBAR

Copyright © 2012 Nombre del autor

Todos los derechos reservados.

DEDICATORIA

Introduzca aquí el texto de la dedicatoria. Introduzca aquí el texto de la dedicatoria. Introduzca aquí el texto de la dedicatoria. Introduzca aquí el texto de la dedicatoria. Introduzca aquí el texto de la dedicatoria. Introduzca aquí el texto de la dedicatoria. Introduzca aquí el texto de la dedicatoria. Introduzca aquí el texto de la dedicatoria. Introduzca aquí el texto de la dedicatoria. Introduzca aquí el texto de la dedicatoria.

CONTENIDO

	Agradecimientos	i
	Prólogo	9
	1ª PARTE: EL PUEBLO	11
1	La nación de los intrépidos	12
2	El manejo de la espada	16
3	Hermano oso	26
4	Servido de Dios	35
	2ª PARTE: EL VALOR	45
5	Un godo valiente	46
6	Traición y muerte	55
7	La primera batalla	65
8	La conspiración	73
9	Exilio	80
10	Rey de la Galia	87
11	Un nuevo rey para Hispania	95
12	Del amor y de las batallas	110
13	Tierra Santa	119
14	El engaño	130

15	La traición	136
16	Líbrame de todos mis enemigos	141
1	3ª PARTE: LA LEALTAD	147
17	Un rey necio	148
18	Noticias de Osorio	151
19	Repudio	153
20	Preparando la batalla	159
21	La batalla	164
22	Muerto en vida	171
23	Un nuevo engaño	176
24	Desesperación	185
25	De nuevo en Cosgaya	193
26	Córdoba	201
27	Rebelión	208
28	El rey de las montañas	213

AGRADECIMIENTOS

A todos los que aman la verdad
y las buscan en los libros viejos de historia .

PRÓLOGO

Cangas de Onís, año de gracia del 737

El monje tomó el libro del lecho del rey y recorrió los pasillos de la casa hasta la habitación de su hijo, el príncipe Favila. El joven escuchó los pasos y por unos momentos dejó sus oraciones para atender a los sonidos que se escuchaban al otro lado de la puerta. El anciano golpeó la puerta y después entró, llevaba años educando al príncipe y en esta hora tan amarga no supo que decirle cuando lo tuvo enfrente. La muerte era un asunto solitario, un camino que conducía hacia el más triste de los destinos.

Favila miró con ojos enrojecidos a su antiguo mentor y le pidió que se sentara, pero el monje simplemente se limitó a inclinar la cabeza y ofrecerle el libro. El joven le miró extrañado. Sabía leer, su padre don Pelayo se había empeñado en que aprendiera, a pesar de que los libros eran cosa de religiosos, pero en muy raras ocasiones lo hacía.

¿Qué me traéis? –preguntó el príncipe.

Vuestro padre quería que lo leyeseis cuando él muriera.

El joven tomó el libro. Estaba encuadernado y cubierto con piel de oveja recién repujada, con la letra P en grande. Lo acarició y su piel suave le hizo cerrar por unos momentos los ojos y recordar sus años infantiles junto a su madre Gaudiosa.

¿Me lo leeréis?

Yo lo escribí mientras vuestro padre me lo dictaba,

pero ahora os toca emprender este camino solo –comentó el monje mientras se retiraba con una reverencia.

Favila se sentó en su lecho y depositó con cuidado el libro sobre las ropas revueltas. Después se acercó a la ventana y contempló el bosque entre las nieblas de la mañana. Aquel día sería rey, pero como el monarca Salomón se sentía perdido, incapaz. Su padre había recuperado la dignidad de los antiguos godos, salvado al pueblo de la tenaza musulmana, pero él tan solo era un joven príncipe que nunca había dirigido al pueblo hacia la batalla.

Se inclinó de nuevo hacia el libro, se apoyó en la cama y lo abrió por la primera página.

1ª PARTE: EL PUEBLO

1. LA NACIÓN DE LOS INTRÉPIDOS

Querido Favila. Yo no nací para ser rey. Dios me buscó de entre las ovejas, como al joven rey David. El más pequeño de mi casa, el más insignificante de los godos vino a reinar sobre lo poco que queda del reino de nuestros antepasados.

Nuestro castillo era modesto, apenas un par de torres, una gran casa y algunas tierras que apenas producían el sustento para la familia y los siervos que tenía mi padre a su cargo. El duque Favila, tu abuelo, era un hombre adusto, osco y de carácter difícil, pero valeroso y un gran guerrero. Tu abuela, Selina, era la mujer más bella y virtuosa de Asturias. Su pelo rubio siempre protegido por un pañuelo se escapaba por su espalda en una inmensa trenza, con la que me gustaba jugar cuando era niño.

Hasta los trece años me crie a los pies de las mujeres. Tu abuelo pasaba largas temporadas en Toledo, la antigua capital de los godos, por eso yo me dedicaba a jugar con los hijos de los siervos y a escuchar las historias de las mujeres que se reunían para coser junto al fuego.

Mi vida transcurría tranquila y feliz hasta que mi padre regresó justo al principio de la primavera. La primavera aquí suele ser fría y llega muy lentamente, como si las flores no tuvieran prisa en salir. Las mujeres dejan las frías paredes del castillo y se sitúan bajo el parral que hay al otro lado de las murallas. Aquella mañana brillaba el sol de una forma especial, después de meses viendo poco la luz cegadora del astro rey, los colores se deshacían como la ropa lavada cientos de veces que colaba al lado del pozo.

Mi padre venía escoltado por doce caballeros vestidos con sus relucientes armaduras. Su figura destacaba del resto. Su armadura estaba adornada con dos piezas de oro en cada hombrera. El casco era abierto, a la antigua costumbre visigoda. Relucía una barba larga y cana que le llegaba hasta el pecho, sus ojos hundidos seguían reflejando una viveza azulada que producía pánico entre sus enemigos y siervos. Lanzó un grito ronco y las mujeres dejaron sus trabajos para salir a recibir a sus hombres. La última en levantarse fue mi madre. Caminó despacio con la cabeza alta, parecía que era la única que no tenía temor de mi padre. Se acercó a los pies del caballo y posó su mano sobre el pelaje negro del animal.

—Esposa mía, me alegró de veros tan bella como os dejé —dijo mi padre con una medio sonrisa que aumentaba la cicatriz que le cruzaba la mejilla.

Mi madre hizo una reverencia y con un gesto me indicó que me acercara. Caminé inquieto hasta su lado. La última vez que había visto a mi padre apenas era un niño, ahora aquel hombre maduro, de porte temible era poco más que un desconocido.

—Pelayo os esperaba con ansia —dijo mi madre mientras posaba su brazo en mi hombro. A pesar de tener trece años superaba la estatura de todos mis amigos y de mi madre, que era alta a pesar de ser mujer.

Levanté la mirada lentamente. Observé las espuelas, las piernas de mi padre y cuando llegué a su rostro, noté cómo su mirada se clavaba directamente en la mía.

—¿Por qué está vestido de ese modo? —preguntó mientras señalaba mi túnica de varios colores.

Todo el mundo se quedó en silencio. Los caballeros dejaron de charlar con sus esposas y observaron muy serios la escena.

—La he cosido yo misma, ¿a caso os disgusta? Pelayo es todavía un niño y como tal ha de vestir —dijo mi madre.

—Pelayo ya no es un niño, señora. Este verano se enfrentará al oso y después vendrá conmigo a la corte —dijo mi padre con el ceño fruncido. Tiró de las riendas y su caballo avanzó unos pasos. Después se puso en marcha hacia el castillo.

Cuando las mujeres se quedaron solas de nuevo,

hicieron un corro alrededor de su señora. Todas podían ver su cara seria y el mentón elevado en señal de furia contenida. Como buena madre, esposa y mujer goda estaba dispuesta someterse a la voluntad de su esposo. Sabía que él tenía su concubina en la corte, conocía su afición por las jóvenes campesinas, pero aquel parral era su coto privado, no podía llegar y humillarla delante de todas sus damas de compañía.

—¿Estáis bien señora? —preguntó la condesa de Brieva, una de las mejores amigas de mi madre.

—Los hombres siempre serán ásperos con sus mujeres, es uno de los castigos a los que condenó Dios por el pecado original de nuestra madre Eva —contestó mi madre.

Egilona, la hija de la condesa de Brieva me miró con sus grandes ojos verdes y apenas pudo aguantar las lágrimas. Aquel año habíamos despertado los dos al amor con sus trampas y cada uno por su lado soñaba con el otro. Yo jugueteaba con todas las damas, que me tenían por niño, pero apenas me atrevía a acercarme a Egilona. Su belleza era aún mayor que la de mi madre, opinión que apenas sale nunca de la boca de un hijo. Había heredado los rasgos suaves de su madre, el pelo rubio y la tez blanca, de mofletes rosado por el aire de las montañas. Sus dientes perfectos asomaban con frecuencia por su bella sonrisa.

Cuando me senté a la mesa un par de horas más tarde, mi padre seguía con el semblante serio. Me había cambiado la túnica por otra más tosca, de color verde y apenas adornada con un cinto de cuero marrón. Mi padre me escrutaba con sus ojos fríos. Su pelo canoso caía suelto por la espalda a la forma goda. Sus vestidos parecían algo raídos, pero los hilos de oro brillaban bajo la luz que penetraba por las ventanas.

—Espero que hayas hecho algo más que holgazanear con las mujeres. ¿Sabes usar la espada? ¿Dominas el arco? Espero que sepas lanzar un hacha y cabalgar sobre un caballo —dijo su padre mientras esperaban la comida y a su madre.

—Sí, señor. Todo eso lo he aprendido —contesté con la voz temblorosa.

—No soy tu señor, soy tu padre. Mañana comprobaremos tus habilidades con las armas. Uno de mis pajes es un buen guerrero, te medirás con él —añadió mi padre mientras los criados entraban con la comida.

Mi madre desconocía el regreso de mi padre aquella jornada. Por ello había tenido que improvisar una comida y llevaba una hora dando órdenes a sus criadas. Se sentó enfrente de mi padre e intentó sonreír.

—Espero que todo esté de vuestro agrado, amado esposo.

—Siempre habéis sido una gran cocinera, aunque os falta algo de humildad.

—¿Desde cuándo las mujeres visigodas son dóciles?, si queríais una potra servil, tenía que haberos casado con una hispana o una cántabra.

—Yo no soy hombre que mezcle su sangre con pueblos inferiores. Si esos hispanos tuvieran buena sangre no se hubieran dejado invadir por nosotros —dijo mi padre mientras comenzaba a comer una para de cordero.

Los siervos llenaron los otros cuatro platos. Mis dos hermanas apenas habían levantado la cabeza durante todo el rato. Era costumbre de nuestros antepasados no hablar con sus hijas hasta el día en que las dieran en casamiento, valorando más a un caballo o un esclavo que a una mujer. Tú no debes hacer lo mismo. Mis hermanas fueron siempre mujeres valientes. Muchas godas y astures lucharon con nosotros contra los caldeos, en sus vientres están gestando una nueva Hispania. Les debes respeto y consideración.

2. EL MANEJO DE LA ESPADA

He de confesarte que aquella noche no dormí bien. No me consideraba un cobarde, pero nunca había prestado mucho interés al manejo de las armas. Cuando los hombres viven en paz, ¿para qué aprender a matar? Este en boca de un godo puede parecer una herejía, pero aunque nadie lo crea, el verdadero guerrero prefiere la paz de su hogar al sabor ácido de la batalla. Llevó toda mi vida matando hombres, pero te puedo asegurar que nunca he hallado la menor satisfacción en ello. Tal vez eso deba de diferenciarnos de los reyes visigodos, nosotros ya no somos visigodos somos hispanos, una nación de muchos pueblos.

Aquella mañana me levanté con un tremendo dolor de barriga. Apenas podía caminar y me abstuve de toda comida. Afortunadamente, Teobaldo, mi cuidador, salió a recibirme al patio de armas. Mi maestro era un hombre peculiar. Era de pelo moreno y corto, tez algo oscura y delgado. Todos comentaban que había sido monje por un tiempo, pero que un asunto de faldas le había devuelto a la vida mundana.

—Tienes que practicar con la espada. El arco al menos lo dominas en parte, pero la espada es el arma más importante de un caballero —dijo mi maestro.

Yo apenas podía pensar. El cielo tenía un color azul apagado y tan solo se veía a las mujeres que preparaban el pan y a los guardas de la muralla.

—La forma de tomar la espada es importante. Si no la

tienes bien agarrada no aplicarás la fuerza necesaria en cada mandoble. Recuerda que estas espadas tan pesadas tienen la finalidad de traspasar la armadura o la maya de tu contrincante —comentó Teobaldo mientras me lanzaba el arma.

Lo recogí en el aire con dificultad y me puse en guardia. Teobaldo me rodeó antes de lanzar su primer golpe. Después con una fuerza descomunal blandió la espada que chocó con fuerza contra el escudo. El brazo retumbó ante la fuerza del choque y noté cómo los músculos me fallaban. Entonces ataqué yo, mi golpe apenas sonó en el escudo de mi maestro. Durante unos minutos el sonido metálico de las espadas al chocar una contra otra rompió el silencio vespertino. Algunos siervos y soldados se pararon a observarnos, mientras el día acababa de despuntar. Yo apenas sentía los brazos, pero lograba dar el siguiente mandoble por la propia fuerza del anterior.

De repente tropecé y me caía al suelo de bruces ante la risa general de los asistentes. Mi maestro me tendió la mano y me levantó.

—Espero que Dios te pille confesado esta tarde —dijo Teobaldo muy serio.

Me levanté dolorido y humillado. Después me dirigí con mi maestro a las dianas preparadas al fondo del patio. Tomamos dos arcos y lanzamos flechas. Afortunadamente el arco era mi arma favorita. Acerté la mayoría de los disparos.

—Ahora lo haremos más difícil —dijo mi maestro. Se puso detrás de mí y me colocó una venda en los ojos.

—Pero no veo nada —dije desconcertado.

—Ese es tu problema, te fías demasiado de tus sentidos y poco de tu instinto. Dibuja en tu mente el objetivo. No hace falta que lo veas — me susurró el maestro al oído.

Intenté no pensar en otra cosa. Preparé la flecha y disparé. Escuché claramente el silbido y el impacto de la punta sobre la diana.

—Excelente —dijo mi maestro quitándome la venda. Por último, tendrás que lanzar el hacha.

Me entregó la pesada arma. Lo más importante al arrojar un hacha es la intensidad del golpe y la colocación del hombro. Respiré hondo y lancé el arma con todas mis fuerzas, pero el hacha cayó en mitad del suelo sin llegar a la madera donde tenía que clavarla.

—No te preocupes Pelayo, todavía te falta fuerza, pero eres aún muy joven. El valor es lo único que te ayudará a superarte a ti mismo. No importa la fuerza de tu contrincante, si te muestras decidido y sin miedo, todos tus enemigos serán vencidos —me explicó Teobaldo, después colocó una mano sobre mi hombro y con la otra sobre el estomago añadió–, aunque el verdadero secreto de un guerrero es comer bien.

Nos dirigimos a la cocina y tomamos algo de pan recién orneado, leche de vaca y queso.

—¿Qué hay en la corte, maestro? —pregunté inquieto. Todavía no me hacía a la idea de abandonar las hermosas tierras de Cosgaya.

—Únicamente he estado una vez y prefiero olvidarlo —dijo Teobaldo con un cerco de leche en la barba.

—¿Tan terrible es?

—No, es un buen lugar para medrar y conseguir favores, pero un mal lugar para la virtud. Allí las mujeres se vuelven gatas en celo, los maridos miran para otro lado con tal de conseguir sus privilegios. El oro es el único rey del mundo, no lo olvides Pelayo.

En aquel entonces apenas había visto unas monedas juntas. Nunca había vendido ni comprado nada. No entendía que ese metal amarillo tuviera tanto poder sobre las almas de los hombres.

—Nuestro rey es un santo. Seguramente desconoce la actitud avariciosa de sus súbditos —dije indignado.

—Los reyes y el poder se sustentan en la avaricia de los hombres. No importa que esto sean obispos o nobles, caballeros o esclavos, todos tienen un precio. Desde época de los romanos el estado no ha invertido ni una moneda de plata en el bien público. Las calzadas que tenemos son las que construyó Roma, apenas se han construido edificios públicos e iglesias. Lamento decir esto, pero los visigodos no habéis hecho nada por Hispania y si desaparecierais mañana, nada sabría de vuestro paso por estas tierras –comentó Teobaldo.

–Pero tú eres godo –dije sorprendido.

–No, mi madre era cántabra y mi padre hispano– señaló Teobaldo.

–Nadie se atreverá a arrebatarnos el reino. ¿Olvidas que nosotros vencimos a los Alanos, los Suevos y los Vándalos? ¿Quién volvió a reunir a los pueblos dispersos de Hispania? ¿No fueron nuestros generales los que expulsaron a los bizantinos? La sangre de nuestros reyes está mezclada con la de los emperadores romanos, nosotros somos sus herederos –contesté indignado a mi maestro.

Él se limitó a sonreír, después se secó la boca con el brazo y señalando los montes que se veían desde la ventana comentó:

–Estos montes no tienen rey, no hay pueblo que los gobierne, seguirán aquí cuando todos nosotros vayamos a la presencia de Nuestro Señor. ¿Qué importa quién gobierne?

–Somos cristianos, herederos de un gran imperio. Si desaparecemos será el caos en el mundo –contesté.

–¿Cristianos? Paganos, supersticiosos y maliciosos, eso somos todos nosotros.

Mi madre entró en la cocina y la conversación se cortó de repente. Teobaldo se levantó para saludarla y después nos dejó solos.

–¿Qué tal has dormido hijo?

–Bien –mentí a mi madre.

–No te preocupes por la lucha de esta tarde, no tienes nada que demostrar, eres hijo de nobles y heredero de la casa de tu padre. Confío en que ganarás la lucha. Hay algo en tu interior fiero, astuto y valeroso –dijo mi madre con una amplia sonrisa.

–Pero…

–Rezaré para que Nuestro Señor te fortalezca, ya te he dicho en muchas ocasiones, que Dios es nuestra ayuda.

–Gracias madre.

–Caminemos juntos hasta el parral –dijo mi madre abrazándose de mi brazo.

Salimos de las puertas que acababan de abrirse y descendimos hasta el huerto del castillo. Nuestra tierra no produce las grandes cosechas de los territorios al otro lado de las montañas, pero las flores indicaban que a su tiempo recogeríamos una buena cosecha. Después llegamos al parral. La mayoría de las mujeres ya esperaban sentadas a mi madre. Egiberta levantó la cara la verme, pero en cuanto posé la mirada sobre sus bellos ojos, volvió a mirar la costura.

–El tiempo se hace largo cuando esperamos, será mejor que hoy te marches con tus amigos al río y disfrutes de este día. Tal vez no te queden muchos más como este. Egiberta te acompañará hasta la aldea. ¿Os importa señora? –preguntó mi madre a la de la joven.

–Será un placer para mi hija –contestó la condesa de Brieva. En aquel entonces no conocía lo fácil que es para algunas personas doblegar su moral para conseguir ciertos propósitos, pero de eso ya te hablaré en otro momento.

Caminamos los dos en silencio. Yo no me atrevía a hablar y ella apenas levantaba la cabeza. Al final la miré a los ojos y le dije:

–Si me marcho echaré de menos vuestra sonrisa.

La joven se ruborizó y sentí una especie de escalofrío que recorría mi espalda. Hasta hacia unos meses las niñas me producían rechazo, me pasaba todo el día peleando con mis hermanas, pero un día comencé a ver a las mujeres como a seres angelicales y sentía cómo la respiración se me aclaraba cuando estaba cerca de alguna de ellas.

–Espero que no tengáis que partir –dijo Egiberta con la

voz temblorosa.

Era la primera vez que charlábamos. Hasta ese momento nos habíamos limitado a las miradas furtivas y las sonrisas tímidas, mientras observaba cómo las mujeres cosías y charlaban de sus cosas.

—Aunque me tenga que marchar regresaré a por ti —contesté con un nudo en la garganta.

—En la corte hay muchas jóvenes más bellas y nobles que yo.

—Para mí, vos sois la única mujer del mundo. Esta tarde venceré a mi enemigo y sellaré con vos un pacto de amor eterno —dijo emocionado.

Cuando llegamos a la aldea mis amigos holgazaneaban al lado del molino d agua. Me saludaron y yo después de despedirme de Egiberta corrí con ellos hasta nuestro lugar preferido del río. Pasamos varias horas nadando y haciendo todo tipo de bromas. Regresé a casa a la hora de la comida y después dormí una siesta.

Me desperté angustiado, con la cabeza pesada y el cuerpo dolorido. Sin el entrenamiento de la mañana y el baño había dejado a mi cuerpo agotado. Uno de los criados me ayudó a colocarme la maya, la coraza, el casco y el cinto. Salí al patio de armas con el cuerpo pesado, no estaba acostumbrado a moverme con todos aquellos artilugios. Medio centenar de personas ya estaban de pie, en círculo esperando. Las damas habían colocado unas sillas para observar la lucha y el rostro de mi padre parecía más sombrío que nunca.

—Pelayo es hora de que demuestres que eres hijo mío, descendiente de reyes —dijo mi padre desde lejos.

Me giré y vi por primera vez a mi contrincante, había imaginado que era un joven paje, un muchacho tan delgado y débil como yo, pero aquel era un hombre fornido, más alto que mi padre y con unos brazos más gruesos que mis piernas. Mi profesor se colocó a mi lado.

—Valor, no lo olvides —me susurró al oído.

—Puedo quitarme esto —dijo señalando la coraza.

–Sería muy peligroso. Si acierta a darte en el pecho te romperá todas las costillas –comentó Teobaldo preocupado.

–Si lo llevo puesto no podré moverme.

La multitud comenzó a animar. Yo estaba como embriagado, la cabeza me daba vueltas y tenía ganas de vomitar. Tiré de las cuerdas y dejé caer la coraza. Noté cómo la brisa atravesaba la cota de malla. Al alzar la vista contemplé la mirada de desaprobación de mi padre.

Mi contrincante se acercó con rostro osco. Nos quedamos uno frente a otro a la espera de la señal. Mi padre lanzó un pañuelo al suelo y el hombre vino hacia mí y golpeó con todas sus fuerzas el escudo. Resistí como pude, a punto estuvo de partir el escudo en dos, pero logré apartarme un poco. El segundo golpe me rozó la cara y cortó algunos de mis cabellos rubios, pero al desproteger su flanco logré darle en el costado. Fue un golpe flojo que apenas le hizo un rasguño, pero ya había descubierto su punto débil. Aquel tipo gigantesco dejaba los flancos desprotegidos, ya que era muy lento y le costaba recuperar la posición defensiva. Le obligué a torcerse, para que tardara más aun en recuperar la posición. Me agachaba o me tumbaba en el suelo, el lanzaba su mandoble que chocaba en la tierra y yo le acuchillaba los costados. Poco a poco comenzó a sangrar. Cada vez parecía más enfadado, pero su cólera me favorecía, ya que se volvía más torpe y lento.

Justo en ese momento recibí un fuerte golpe con la espada que me dañó el brazo izquierdo. Sujeté el escudo con fuerza a pesar del dolor e hinqué la espada en el brazo de mi contrincante. El hombre dio un gemido y se apartó un poco. Miró a mi padre y este le respondió con un gesto, como si le autorizara a herirme seriamente.

La multitud estaba en silencio y mi pobre madre miraba angustiada la escena. Egilona parecía secarse las lágrimas con un pañuelo. El hombre se acercó corriendo y lanzó un golpe tan fuerte que mi escudo se partió en dos. Ahora ya no tenía más protección que mi rapidez. Note una rabia desconocida me invadía, ya no estaba jugando, quería matarle. Nunca había sentido eso antes. Levanté la espada y me lancé con furia sobre él. Mi adversario me miró sorprendido, como si no esperara aquella repentina reacción. Me lancé sobre él y lo derribé. Me puse sobre él y coloqué mi espada en el cuello. Después miré a mi padre.

La gente comenzó a gritar que lo matara, pero yo me quedé quieto, con la espada apoyada en el cuello que se agitaba nerviosamente. Mi padre hizo un gesto para que lo soltara y me puse en pie.

Notaba cómo el sudor me recorría la espalda. Tenía varias magulladuras y la sangre me corría por el brazo izquierdo, pero sentía la fuerza que da el odio. La ira es estimulante, una energía inagotable, incontrolable y peligrosa. En cierto sentido se parece al deseo por las mujeres. Percibes que una fuerza misteriosa te gobierna y pierdes el control de tus actos.

Durante estos años he aprendido a controlar la ira y a no odiar. Las personas que odian se consumen así mismas.

Después pasamos al tiro con arco. Primero disparó el paje de mi padre acertando en la diana. Mi disparo fue certero a pesar del dolor del brazo. Tras cuatro tiros, derroté a mi oponente. El lanzamiento del hacha no fue tan bien. Aquel hombre tenía una fuerza descomunal y logró hincar el hacha en las cuatro ocasiones, yo en cambio únicamente logré hacerlo una vez.

Al terminar la lucha, los dos nos acercamos a mi padre y este levantó las manos para que la multitud guardara silencio.

—La lucha entre estos dos hombres ha sido caballerosa. Mi hijo ha logrado rendir a su oponente, pero de una manera poco valerosa. A los enemigos hay que vencerlos de frente, no con astucias de mujeres. A pesar de que mi hijo ha sido mejor lanzador con el arco, a penas domina el lanzamiento del hacha, por ello proclamo campeón a Pedro, mi paje —dijo mi padre levantando la mano del hombre.

Todos miraron sorprendidos a mi padre. Mi madre se acercó a mí indignada y me dijo al oído:

—Eres mejor guerrero que él y algún día harás grandes cosas.

Agotado y decepcionado, estuve a punto de echarme a llorar, pero tragué saliva y me alejé de la multitud. Caminé cabizbajo hasta la aldea, pensé en escapar y esconderme en las montañas hasta que mi padre regresara a Toledo, pero no podía darle ese disgusto a mi madre. Entonces noté que alguien me seguía y me di la vuelta con la espada en la mano.

—Soy yo Pelayo —dijo Egilona, que me había seguido hasta allí.

La joven se aproximó y yo tiré la espada al suelo. Ella me miró el hombro herido. Yo hice un gesto de dolor.

—Será mejor que te cure esta herida.

La joven me llevó hasta su casa. Su madre y ella se habían negado a vivir con nosotros en el castillo. La señora de Brieva era demasiado orgullosa para vivir de la generosidad de mi madre.

Egilona tomó unos paños limpios, me lavó la herida y me echó un poco de sal. Sentí un gran escozor, pero al rato comencé a aliviarme.

—Tú ganaste la competición —me dijo.

—No luché con honor.

—Tonterías, ganar el que mata a su adversario —dijo la joven.

—En la guerra hay una serie de reglas. Un caballero no puede luchar como un villano.

—Pelayo, tu enemigo era más fuerte y experimentado. La única forma de ganar era usando su debilidad —dijo la joven.

—Creo que mi padre no piensa lo mismo —comenté triste.

Egilona se acercó más a mí. Pude notar su aliento dulce, sus dulces pechos quedaron pegados a mi brazo.

—Aunque tengas que irte con tu padre te esperaré.

La joven cerró los ojos y yo me atreví a besarla. Era la primera vez que lo hacía. Noté la dulzura de sus labios y una sacudida me recorrió todo el cuerpo. Nada sabe más dulce que la boca de la mujer amada.

En ese momento llegó su madre, nos vio besándonos, pero apenas mostró enfado. Sin duda pensaba que yo era un buen partido para la hija de una viuda pobre. Aun así, yo me aparté de golpe y salí de la casa.

Las estrellas habían invadido el firmamento. Aquella noche la luna parecía una gigantesca lámpara colgada del cielo. Había tanta luz, que podía ver perfectamente el camino de regreso.

Cuando llegué al castillo me dirigí directamente al salón. Mis hermanas y mi madre ya estaban sentadas en la mesa. Mi padre cenaba con avidez, sin apenas modales, cuando me vio entrar, comenzó a gritarme mientras masticaba un trozo de pollo.

—¿Dónde te habías metido? ¡Eres la vergüenza de mi casa! Pero yo te enderezaré —bramó con los ojos desencajados.

Sin mediar palabra me senté en la mesa. Aquella noche, la victoria me había dado una firmeza de ánimo que desconocía asta ese momento.

—Mañana matarás al oso y antes de que termine la semana vendrás conmigo a Toledo, debo sacarte de las faldas de esta casa antes de que te conviertas en un afeminado.

Comí en silencio. Después me retiré a mi habitación. En contra de lo que pensaba mi padre, yo no marcharía con él a ninguna parte.

Me costó dormirme aquella noche. Me sentía nervioso, dolorido y angustiado. Intenté rezar algo, pero mi cabeza volvía una y otra vez a la lucha con aquel hombre. Intenté pensar en Egilona, su beso me había convertido en el hombre más feliz de la tierra. Por ella merecía la pena quedarse. Al final el sueño logró rendirme. La noche siguiente debería pasarla en vela, ya que la caza del oso se hacía de noche. Tal vez, la fiera más peligrosa con la que tenía que enfrentarme al día siguiente no era un animal salvaje.

3. HERMANO OSO

La caza del oso era una costumbre ancestral en estas tierras antes de que los godos llegáramos aquí. Los hombres demostraban su virilidad enfrentándose al animal más temible de los bosques. Yo he abolido esta costumbre, ya que creo que además de peligrosa es inútil. Nunca te he llevado a la caza del oso, esa costumbre pagana ha costado la vida a muchos buenos caballeros.

Aquel día me levante tan inquieto como la jornada anterior. Enfrentarse a un hombre, por corpulento que fuera, era mucho menos peligroso que hacerlo contra un animal tan fiero, aunque lo que menos me preocupaba era morir. Tal vez en la juventud la muerte parece siempre un fantasma incapaz de alcanzarte. La victoria contra mi adversario me había llenado de valor, me sentía como el joven rey David al enfrentarse a Goliat. El rey de los judíos había luchado contra leones y toda clase de fieras y Dios le había protegido de todo mal. ¿Qué podía temer yo? Sabía que mi madre intercedía por mí ante mi Señor.

Tomé un desayuno frugal y me dirigí hasta las habitaciones de mi maestro. Teobaldo estaba despierto y rezando. Me acerqué hasta él sin hacer ruido y después esperé en silencio. Una de las cosas que más me sorprendía de mi maestro era su fe. Nunca le veía en la iglesia del pueblo, pero siempre estaba rezando y hablando de Dios.

—Pelayo, ¿dispuesto a enfrentarte al peor enemigo del hombre? —preguntó mi maestro levantando la cara.

–Preferiría no tener que hacerlo –dije cabizbajo.

–La madurez consiste precisamente en hacer aquello que no queremos hacer y conseguirlo. Ya no eres un niño –dijo mi maestro.

–Pues, si ya no soy un niño, ¿por qué mi padre me obliga a ir a Toledo?

–Necesitas aprender los entresijos de la corte. En estos tiempos no es suficiente con ser un buen caballero y noble, los reyes buscan una lealtad más allá del título –contestó mi maestro.

Los dos nos dirigimos al bosque. Teobaldo quería darme una lección práctica de cómo cazar al oso. Ascendimos a las montañas y llegamos a un valle estrecho, casi un desfiladero.

–Estas son las huellas del oso –me indicó mi maestro.

–Ya las había visto antes –comenté.

–Seguir el rastro de un oso no es fácil. No son muy rápidos, pero dejan pocas señales. Observa el árbol, aquí el oso ha marcado su territorio –dijo señalando un rasguño en la corteza.

Caminamos hasta un pequeño lago y Teobaldo se agachó en la orilla.

–Aquí es donde las hembras jóvenes vienen a beber agua –dijo mi maestro.

Miré alrededor, pero lo único que rompía el silencio de aquellas tierras era el viento que silbaba entre los árboles.

–No les gusta alejarse demasiado de los árboles, por eso suelen venir aquí de noche. La luna favorecerá que los veáis de lejos. Los osos son animales que se mueven mejor por la noche –dijo Teobaldo.

–¿Qué arma debo elegir? –pregunté.

–La lanza es el arma más eficaz contra un oso, pero has de ser muy rápido y has de saber que únicamente tendrás una oportunidad. En caso de fallar deberás de correr hacia el claro, nunca hacia los árboles. Si te metes en el agua no te seguirá –dijo mi maestro.

Miré el agua helada y me imaginé zambulléndome mientras el oso me pisaba los talones. Sentí un escalofrío y decidí pensar en otra cosa.

—Espero que esta noche los osos no bajen a beber –dije.

—Siento decirte que lo harán, es su costumbre –comentó mi maestro.

Teobaldo sacó las dos lanzas que llevaba a la espalda y las dejó en el suelo. Una era más ligera, con una punta muy afilada, la otra era mucho más grande y pesada.

—La mejor es esta –dijo señalando la ligera-, es una lanza manejable, fácil de lanzar, pero si el oso es muy grande no acabará con él a no ser que la hinques directamente en el corazón.

—¿Acertaré al corazón en plena noche? –pregunté desanimado.

—El oso suele ponerse de pie para defenderse. Ese es el momento para lanzar, pero tienes que estar muy cerca para acertar en el blanco –dijo Teobaldo.

—¿Cuánto de cerca?

—Debes oler su aliento –comentó.

—Eso es demasiado cerca –dije asustado.

—No debes temer, si Dios quiere saldrás ileso y te convertirás en el hombre que tu padre desea –dijo Teobaldo.

Tomé la lanza más ligera. Mi maestro me indicó un árbol cercano para que practicase. Mis brazos eran delgados y no tenía la fuerza que tengo ahora, mejor dicho, la que tenía cuando era un joven guerrero.

Teobaldo me tuvo practicando toda la mañana. Cuando regresamos al castillo estaba agotado y hambriento. En tal estado, me era imposible imaginar cómo podría enfrentarme al oso aquella noche.

Mi madre me recibió con júbilo. Ordenó a las criadas que me trajeran comida y se sentó a mi lado.

—¿Has estado practicando? –preguntó.

—Sí, pero creo que no podré enfrentarme a un animal

tan grande —dije desanimado.

—Dios te dará las fuerzas. Ayer venciste a un hombre mucho más fuerte que tú.

—Sí, pero estaba seguro de que padre pararía la lucha antes de que ese hombre me matara, pero ¿Quién puede parar a un oso?

—No iras solo, cualquiera de lo guerreros, incluido tu padre, puede abatir al animal si se lanza sobre ti —comentó mi madre.

—Es imposible detener al oso, cuando quieran matarle ya estará sobre mí.

—Confía. Una de mis criadas he ofrecido una ofrenda a los osos en mi nombre. Ellos respetaran tu vida —dijo mi madre.

Me sorprendió que una dama como ella creyera en las supersticiones de la región, pero una madre estaba dispuesta a hacer cualquier cosa para salvar la vida de un hijo.

Después de la comida descansé un poco. Tuve sueños muy extraños y me levanté inquieto. Era de noche, se dirigió al salón y allí vio a su padre rodeado de todos sus hombres. Estaban vestidos para la caza y comían algo ligero antes de salir. Mi padre me miró al entrar. Se puso en pie y todos le imitaron.

—¿Hay algún caballero joven que desee acompañarnos? —preguntó con su voz ronca.

El único caballero joven que había en la sala era yo.

—Yo iré von vos —dije en tono fuerte.

Por primera vez desde su regreso vi sonreír a mi padre.

Comí algo, aunque tenía un nudo en el estómago. Tomé vino con miel y me senté a esperar.

A medianoche salimos a pie por el mismo camino que había recorrido con mi maestro. Eso me tranquilizó, al menos conocía el terreno y lo que me esperaba. Cargaba las dos lanzas, en su momento decidiría cuál de las dos era la más adecuada.

La luna brillaba con tal fuerza, que no necesitamos

antorchas. Caminamos a buen paso, yo iba el último. Cuando llegamos al lago nos dispersamos y comenzamos a arrastrarnos hasta que en mitad de la noche vimos la figura imponente de un oso.

Uno de los peligros de los que nadie me había hablado, era que, en época de celo, los osos eran más bravos que el resto del año. Perseguían a las osas hasta el lago con el deseo de procrear, por eso se mantenían alerta y cualquier ruido u olor podía ponerles en guardia.

Los osos se peleaban por las hembras mujeres. Mi padre señaló a uno de los más grandes y me dijo:

—Ese, Pelayo.

Aquel monstruo sacaba una cabeza al resto de sus compañeros. Todos los guerreros le miraron sorprendidos. Aquel animal era temible incluso para un guerrero con experiencia.

Nos acercamos más a los osos. Ellos no podían vernos ni olernos desde allí. Mi padre me indicó el sendero que llegaba hasta el agua.

—El oso se te enfrentará en el camino –dijo.

Con las piernas temblorosas me acerqué hasta el sendero. Descendí unos pasos. El oso de inmediato percibió mi presencia y dejando al resto subió por el sendero, cuando estuvimos frente a frente, noté que una repentina fuerza me invadía.

El oso me miró con indiferencia antes de lanzar su prime bramido. Seguramente quería asustarme, pero yo levanté la lanza y le miré a los ojos. La luna brillaba con fuerza, lo que permitía que ambos nos viéramos perfectamente.

El oso se acercó más y justo cuando estaba a punto de arrojar la lanza se puso de pie. Su altura era fabulosa, yo parecía una hormiga a su lado. No sé el tiempo que pasó, pero se me hizo eterno. Levanté el brazo aún más y justo cuando estaba a punto de tirar. Sin darle la espalda corría hacia los árboles. El oso comenzó a seguirme, pero el hijo del señor de Ferrara, uno de los nobles que nos había acompañado a la cacería, se interpuso y mató al oso.

Cuando todos se acercaron yo noté que la cara me enrojecía. Mi padre me miró con desprecio. Sabía que nunca más me dirigiría la palabra. Al pasar a mi lado me dijo en un tono bajo:

–Cobarde.

Aquellas palabras me hirieron a pesar de saber que no eran ciertas. Me puse de rodillas en señal de respeto y mi padre se burló diciéndome:

–Permaneced de rodillas, que es postura que os conviene para el futuro que os espera.

En aquel momento no comprendí a lo que se refería.

–El muchacho es muy joven, tal vez el año que viene ––dijo el señor de Ferrara.

–Su destino no son las armas. Regresemos –dijo mi padre dando la orden de que tocaran los panderos para espantar a la caza. No estaba de humor para seguir la cacería.

El regreso fue triste y silencioso. La fiesta se había tornado en un humillante velatorio. Intenté marchar el último, alejado del resto. Algunos se acercaron para consolarme, pero yo no quería recibir ningún tipo de ánimo.

Cuando llegamos al castillo estaba casi amaneciendo. Mi madre esperaba despierta con algunas mujeres. Al ver que no llegaba se puso muy nerviosa, pero cuando alcancé el patio de armas se acercó para contemplarme detenidamente. Cuando comprobó que no me faltaba nada me abrazó. Mi padre terminó borracho como el resto de los cazadores.

Después de dormir unas horas me encaminé hasta el patio de armas. La mayoría de los caballeros ya estaban despiertos. Mi padre estaba de pie muy serio. Me hizo un gesto y me acerqué temeroso.

–Ven aquí Pelayo –dijo muy enfadado.

Me sentó en una silla y uno de sus hombres me cortó el pelo. Aquella fue la mayor humillación que un godo puede recibir. Nuestro rey Alarico había promulgado una norma, por la que cualquier caballero que se cortara los cabellos, perdía automáticamente su condición de noble. Con aquel acto mi padre me estaba condenando a la vergüenza de por vida.

Después hizo un gesto y entregó una carta a uno de sus hombres, este se montó en un caballo y salió del castillo.

—¡He mandado un mensaje al arzobispo de Toledo, para informarle que mi hijo desde hoy dedicará su vida a la Iglesia! —vociferó mi padre a todos los presentes.

Mi madre respiró tranquila, sabía que aquello me mantendría a salvo y cerca de ella.

—Si no sirve para guerrero, será obispo —dijo mi madre.

En aquellos tiempos la Iglesia estaba enfrentada a las ideas del rey Witiza. El monarca quería recuperar algunas antiguas doctrinas arrianas como el matrimonio de los clérigos.

—Esta misma noche partiré —dijo mi padre con desprecio, sabía que esas palabras herirían más a mi madre.

—¿Por qué os vais tan pronto?

—Mujer, soy tu marido y no tengo que darte explicaciones. Vine para llevarme a tu hijo, pero no sirve ni para eunuco.

Mi padre se marchó y le siguieron sus hombres. Mi madre también se alejó con sus damas y yo me quedé sentado, observando mi pelo rubio sembrado por el suelo. Tuve ganas de llorar, pero me contuve y me puse en pie.

Teobaldo se acercó a mí y me llevó fuera del castillo.

Después de caminar durante media hora en silencio, se volvió hacia mí y me preguntó:

—¿Por qué lo hiciste?

—Tuve miedo.

—A mí no me puedes engañar, no tuviste miedo. Sabías lo que tenías que hacer, pero te quedaste parado y huiste.

Me quedé callado unos segundos, no quería que mi se supiera mi secreto, pero si en alguien podía confiar era en Teobaldo.

—Era la única forma que tenía de no marcharme. Sabía que mi padre no se llevaría a un cobarde —contesté avergonzado.

—Pero ¿no te das cuenta de lo que has hecho? Serás considerado un cobarde de por vida. Tu familia nunca te perdonará este abandono —dijo Teobaldo.

—Mi madre está contenta y, en cuanto a mi padre, no me importa lo que piense —dije recuperando el ánimo.

—No entiendes que has nacido para ser un hombre importante de ese reino, que debes convertirte en conde tras la muerte de tu padre. ¿Quién gobernará estos territorios cuándo el muera? ¿Qué será de tu madre y tus hermanas?

Sus palabras me desconcertaron. Yo no había pensado en las consecuencias de lo que hacía. Sin duda, aquella huida llevaba consigo muchas huidas que no estaba dispuesto a correr.

—Se lo diré a mi padre —dije.

—¿Estás loco? Te matará a palos. Hay otra manera, pero tendrás que cumplir tu pena durante todo un año, hasta que él regrese para la primavera.

Regresamos a casa en silencio. Teobaldo estaba muy enfadado, mi cobardía había puesto en duda su trabajo conmigo y mi padre se lo llevaba a la corte. Allí tenía algunas deudas que yo desconocía en aquel entonces, pero de las que no se quería hacer cargo.

Al llegar a la aldea vi a mi amada y me acerqué hasta ella. Su sonrisa me anticipó que al menos ella si estaba contenta con que me quedase.

—Gracias al cielo no te irás —dijo Egilona.

—No podría estar lejos de ti.

—Dejaste que el oso escapara, ¿verdad? —preguntó mi amada.

—Sí —contesté envalentonándome.

Llevábamos unos instantes hablando cuando se acercó la señora de Brieva y un monje al que había visto alguna vez, pero con el que nunca había hablado.

—Pelayo, os presentó al hermano Aniano, él será el que se hará cargo de vuestra educación religiosa hasta que os manden a Toledo —dijo la madre de mi amada.

—Me temo que hoy es el último día en el que podréis estar con una dama. Los hombres religiosos debemos abstenernos de toda carne. Ahora pertenecéis a la Iglesia —dijo el monje muy serio.

Hice un gesto furioso y me retiré a la carrera. Mi astucia me había llevado a aquel conflicto, podría seguir viviendo cerca de mi casa, pero alejado de todas las personas a las que quería.

Estuve caminando por el bosque hasta que se hizo de noche, después regresé al castillo. Las puertas estaban cerradas, pero yo sabía por donde entrar sin ser visto. Mientras me dirigía a mis habitaciones escuché unas risas en una de las salas. Me acerqué sigiloso y pude ver que junto al fuego encendido yacían un hombre y una mujer. Al principio no les reconocí, pero las voces no me dejaron lugar a dudas, era mi padre y la señora de Brieva. Tal vez no debieras saber esto de tu propio abuelo, del que llevas con orgullo el nombre, pero el adulterio era algo normal para los nobles, aunque Dios y la Iglesia lo condenaran.

Me marché furioso. Mi madre debía soportar en su propia casa el desprecio de aquella mujer a la que había acogido. Además, era la madre de mi amada. Aquella visión me horrorizó y por tercera vez pasé casi toda la noche en vela.

Al día siguiente me levanté para ver cómo se marchaba mi padre, junto a sus hombres y la señora de Brieva. Mi madre no salió a despedirle, aquello era demasiado humillante para una mujer de su alcurnia y religiosidad.

4. SERVIDO DE DIOS

No hay nada en esta vida que sea baladí, pero eso no le entendía en aquel tiempo. Existir alejado de la familia, vistiendo un hábito que no deseaba y alejado de mi amada, significaba estar muerto en vida.

El capellán de nuestra casa se había negado a instruirme, ya que apenas conocía los latines, pero el hermano Aniano estaba dispuesto a intentarlo.

El hermano vivía con otros monjes en un monasterio a dos días de camino de mi casa. Después de despedirnos de todos, nos dirigimos a pie, como pocas provisiones hasta aquel cenáculo alejado.

Aniano tenía fama de santo, aunque por lo menos para mí, no lo parecía. Tenía yo la imagen de la santidad como algo austero, serio y casi místico. En cambio, el monje era todo lo contrario. En el prime día del viaje se mostró alegre, parlanchín y bromista. No paraba de hablar y narrar con todo lujo de detalles cómo había sido su vida y que le había llevado a dedicarse a la religión.

Nunca había salido de los valles más próximos al castillo, por lo que tomé aquel viaje como una aventura. La gente cambiaba de vestimenta y era muy difícil ver a un godo en las aldeas que atravesáramos. Aquella Hispania poco o nada tenía que ver con la que yo conocía. Esa fue la primera lección que aprendí. El mundo es mucho más grande y complejo de lo que creemos. Esa gente hacía cosas parecidas a las nuestras, pero su idioma, ropa y costumbres eran distintos.

Me pasaba el día haciendo preguntas a Aniano y en el segundo día de camino ya parecíamos viejos amigos.

—Estimado maestro, debo confesaros algo —dije al monje.

—¿Es secreto de confesión? —me preguntó muy serio.

Lo cierto era que en muy pocas ocasiones me había confesado, el capellán del castillo era muy benévolo y sabía que los godos no éramos muy dados a las confidencias.

—Bueno, yo pensaba decírselo como un discípulo a su maestro... —dije con la voz temblorosa.

—Cuenta sin miedo Pelayo, aquí estamos solos vos y yo —dijo el monje.

—Mentí a todos. No maté al oso porque no quería regresar con mi padre a Toledo.

El monje me miró muy serio, hasta que soltó una gran carcajada. Al principio me quedé sorprendido, mirándole con los ojos como platos, pero después comencé a reírme yo también.

—¿Cómo hiciste algo así? —me preguntó sin poder parar de reír.

—Se me ocurrió allí mismo. Cuando estaba delante del oso, pero enseguida me arrepentí al ver la cara de mi padre y el resto de los cazadores.

Mientras conservábamos apareció ante nuestros ojos el monasterio. Coronaba un cerro no muy alto, pero protegido por rocas. No era muy grande apenas media docena de casas unidas por una larga valla, que no llegaba a ser muralla. Las casas eran de piedra y de no haber sido por las tejas rojas hubiera parecido un montón de toca amontonadas. El único edifico que destacaba era una hermosa iglesia.

—No es muy grande —dijo el monje como si pudiera leerme el pensamiento—, los monasterios más al sur o los de Roma son verdaderas ciudades de Dios, pero nosotros somos una humilde aldea.

–¿Ciudades de Dios? –pregunté extrañado.
–¿Conoces a San Agustín? –preguntó el monje.
–No, apenas hay visitas de forasteros en nuestro valle.
El monje se echó a reír.
–Me temo que yo tampoco lo he visto, nació hace mucho tiempo.

Después de una hora llegamos frente al portalón del monasterio. Aniano empujó la madera y entramos en aquella pequeña aldea en mitad de la nada. Los monjes cultivaban un par de huertos junto a la valla, en unas cuadras cercanas cuidaban una vaca, unos pocos cerdos, gallinas y corderos. A aquella altura no podía sembrarse la vid, por lo que bebían cerveza y traían el vino del valle, sobre todo para poder oficiar la misa.

–Hemos llegado a la hora de la comida. Todos los hermanos deben estar en el refectorio –dijo el monje.

Cuando entramos en el comedor, vimos a seis monjes comiendo en silencio, mientras otro leía un gran libro sobre una mesa alta. No nos saludaron, Aniano se limitó a tomar dos platos, llenarlos de potaje y ofrecerme uno de ellos. Comimos en silencio, yo con avidez, era la primera cosa caliente que tomaba en dos días. Después nos dirigimos también en silencio a la iglesia y después de una breve misa salimos todos al patio.

–Este es Pelayo, uno futuro monje y si Dios lo quiere, un príncipe de la Iglesia –dijo Aniano al resto de sus hermanos.

Los monjes se presentaron afablemente, todos menos uno, el bibliotecario.

–Soy el hermano Martín, el jardinero, bienvenido –dijo un monje gordo, de grandes mofletes y brillantes ojos azules.

–Soy el hermano Juan, el boticario, es grato ver a un hermano tan joven –comentó el extremadamente delgado monje.

Uno de los monjes más mayores se acercó hasta mí y me dio una fuerte palmada en el hombro.

—Mi nombre es Atanasio, copista- dijo el anciano.

—Soy el hermano Andrés, el cocinero —dijo un rubicundo monje entrado en carnes.

El hermano bibliotecario se limitó a asentir con la cabeza y alejarse hacia el edificio pegado a la iglesia que servía de biblioteca.

—El hermano Pedro es muy reservado —me dijo—, -dedica todo su tiempo a aumentar y cuidar nuestra modesta biblioteca.

El monje se despidió del resto de sus hermanos y me llevó hasta mi celda. Era un minúsculo cuarto, con una manta colocada en el suelo. La única luz que entraba era a través de una pequeña ventana que daba a las montañas.

—Esta será tu humilde morada. Alguna vez llegarás a ser príncipe de la Iglesia, pero tendrás que empezar siendo un humilde servidor de Dios —me dijo el monje.

—Estaré bien —dijo con el corazón encogido. Al entrar en aquella pequeña celda me di cuenta de que nunca más vería a los míos y que ya no podía jugar a ser niño por más tiempo.

—Descansa un poco, dentro de una hora tendrás tu primera clase de lectura.

Me tumbe en el suelo, estaba fresco y algo húmedo, pero estaba tan cansado que en unos minutos estaba profundamente dormido.

Cuando volví a abrir los ojos, tenía enfrente al hermano bibliotecario. Tenía el ceño fruncido, los brazos cruzados y golpeaba con un pie el suelo de madera.

—Cuando vuesa merced quiera podemos empezar nuestra primera clase —dijo el hombre con una voz estridente.

Me levanté de un salto y me puse a su lado. El hombre hizo un gesto de enfado y se puso a caminar. En un par de minutos estábamos dentro de la biblioteca. Todavía recuerdo ese día como si fuera hoy mismo. Nunca había visto tantos libros juntos. En nuestro castillo apenas había un par de libros que conservaba el capellán para dar la misa. Nunca me había acercado tanto a un libro, ni si quiera sabía el olor que tenían, pero al contemplar los grandes códices con sus lomos dorados, noté una especie de escalofrío. Desde entonces me he preocupado para que las mejores obras de la cristiandad estuvieran en nuestro modesto reino. La única forma de que nuestro pueblo recupere su dignidad perdida es a través del conocimiento. La historia de los romanos y los riegos, las hazañas de nuestros antepasados godos, los escritos de los padres de la Iglesia y de los filósofos, ese es la mejor arma contra los moros.

El bibliotecario tomó un pequeño libro y lo colocó sobre el escritorio.

–Comenzaremos con algo sencillo –dijo abriendo el libro.

El libro estaba iluminado con bellísimas figuras. El monje comenzó a señalarme las letras y me hizo aprenderme una a una. Cuando ya me las sabía comenzó a mostrarme las palabras más cortas.

Cuando anocheció encendió varios cirios y continuamos leyendo hasta la hora de la cena. Comimos algo frugal y nos acostamos después de orar juntos en la iglesia.

Dormí de un tirón, pero apenas descansé, mucho antes de que amaneciera ya estábamos orando de nuevo en la iglesia. Después cada uno se dirigió a sus quehaceres. Yo debía seguir practicando con las letras, por la tarde el hermano bibliotecario quería que fuera capaz de leer una frase completa.

Aquellos primeros días se pasaron muy rápido, al mes ya me había hecho con la rutina de aquellos hombres apartados del resto del mundo. Antes de las primas nevadas ya sabía leer y conocía muchas palabras en latín, también podía seguir la misa y comprender cada una de sus partes.

Los monjes no eran muy hablaban mucho, pero Aniano me llevaba a dar largos paseos y me contaba la historia de los reyes godos, las guerras de Julio Cesar o las palabras de algún filósofo. Al principio todo ese conocimiento se amontonaba en mi cabeza y tenía la impresión de que terminaría por arderme, pero después mi curiosidad se hizo inagotable.

Al final del invierno conocía más latín que el resto de los hermanos, era capaz de leer y escribir, también había aprendido a distinguir algunas yerbas, sabía cuidar de un huerto y cocinar.

—Creo que has sido un alumno excelente y podrás ser un gran obispo —comentó Aniano en uno de nuestros largos paseos.

La primavera estaba a punto de florecer y la nieve comenzaba a retirarse.

—Me gusta la paz y tranquilidad del monasterio, pero no he logrado olvidar a mi amada y la vida en el castillo —comenté al monje.

—Eso es normal. A vuestra edad es de natura tener el corazón y la mente puesta en los amores de este mundo, pero si el Señor os llama, no dudéis que dejaréis todo por servirle —dijo el monje.

—Creo que el quiere que me dedique a la vida religiosa es mi señor padre, no el de los cielos.

El monje se rio, esta acostumbrado a mis palabras sinceras y directas.

—El tiempo nos lo dirá.

Nos acercamos al río y me agaché para beber un poco de agua. Cuando mi rostro se reflejó en el agua, me horroricé al ver mis cabellos cortos.

—Dios mío, hubiera preferido perder la cabeza que mi pelo largo —exclamé enfadado.

—¿Cómo dais tanto valor a algo tan mísero como los cabellos?

—Los cabellos largos dan derecho al hombre godo —dije.

—¿Derecho a la guerra? —preguntó el monje.

—No, al amor. Sigo pensando en aquella doncella.

—¿No os basta el amor que Dios da a todas sus

criaturas?

—Sí, pero me gustaría que ese amor acompañara también al de sus criaturas —le contesté.

El monje me observó pensativo.

—En unos días regresaréis a casa. Esa es la última prueba, si al volver con los tuyo no sentís deseo de regresar, sin duda vuestra vida no está hecha para consagrarla a Dios.

—¿A casa? —pregunté emocionado.

—Sí, partiremos en dos semanas, cuando los caminos estén abiertos.

Intenté disimular mi contento, pero cuando estuve en mi celda no pude pensar en otra cosa. Las dos semanas siguientes apenas podía concentrarme en nada. Mi pensamiento estaba muy lejos, en el castillo de mis padres y en mis amigos.

Una mañana temprano, antes del amanecer, el monje me despertó, me dio un poco de queso y después nos dirigimos hasta las puertas del monasterio. Antes de salir eché una última ojeada a aquellas paredes que habían sido mi hogar el último año. Había aprendido muchas cosas, entre ellas a ser más paciente, humilde y a comprender el valor de la sabiduría.

Caminamos en silencio hasta que el sol salió en el horizonte

—¿Volverás? —me preguntó el monje.

—Es difícil saberlo —comenté.

—Puede que Dios tenga destinado otro destino para ti, todos tenemos algo que hacer antes de morir. Tal vez mi misión era iluminar parte de tu camino —dijo el monje.

—Vos sois un santo, vuestra vida ha sido un ejemplo para mí. Nunca olvidaré vuestras enseñanzas ni vuestra manera de vivir —le comenté emocionado.

Seguimos el resto del camino en silencio, a pesar del cansancio yo me sentía feliz por regresar. Desconocía si mi amada seguiría en Toledo, pero de ser así, haría todo lo posible para que mi padre me llevara con él en el camino de regreso.

Cuando después de dos días de viaje llegamos al valle en el que había nacido, aceleré el paso, el monje apenas podía seguirme. A la media hora contemplé el castillo y el pueblo. Todo estaba como lo había dejado el año anterior.

Al llegar a las puertas del castillo corrí hasta el interior, caminé por los pasillos buscando a mi madre.

Cuando llegué al salón vi a Egiberta toda vestida de negro. Me acerqué para abrazarla. Me apretó entre sus brazos y comenzó a llorar.

–¿Qué sucede hermana?

–Nuestra madre ha muerto.

Noté cómo se me helaba la sangre. Un año antes, ella estaba bien a pesar de la edad y todos los partos que había sufrido y ahora estaba muerta. Comencé a llorar. Ella y mis dos hermanas eran las únicas personas, junto a mi amada, que realmente quería en el mundo.

–¿Qué es lo que ha ocurrido? –pregunté con los ojos cubiertos de lágrimas.

–Enfermó hace unas semanas y murió. No pudimos hacer nada por ella. Al menos, por fin pudo descansar –dijo mi hermana entre lágrimas.

–¿Nuestro padre vino a verla?

–No, cuando recibió la noticia ya estaba muerta, le esperamos en un par de días –comentó Egiberta.

El monje llegó hasta nosotros. Me abrazó y rezó brevemente.

–Los caminos del Señor son inescrutables, nosotros no sabemos las razones por las que actúa así, pero recuerda que todo está dentro de su plan –dijo el monje.

–¡Pues reniego de Dios, es cruel e injusto! –grité corriendo hacia la salida.

No paré mi carrera hasta llegar al río. A causa del deshielo estaba caudaloso, su corriente llevaba todo tipo de ramas. Pensé en arrojarme y terminar con todo, pero sin duda la misericordia divina me lo impidió.

Los dos días siguientes hasta la llegada de mi padre

apenas comí y dormí. Mis planes de matar al oso me parecían ahora sin sentido, pero la única razón que me animaba a estar vivo era reunirme de nuevo con mi amada.

Mi padre llegó con el resto de su comitiva una tarde fresca y lluviosa. Vestía todo de negro bajo su armadura. En un carro venía con él varias damas, familiares de mi madre, pero entre ellas no estaba mi amada.

Cuando mi padre me vio a penas me dirigió una mirada, a mis hermanas las besó y abrazó. Cenamos todos juntos y la fiesta poco a poco se fue animando a causa del vino.

Entre la comitiva se encontraba mi maestro Teobaldo. Estaba aún más delgado y su pelo y barba estaban completamente blancos. Después de la cena salimos al patio para hablar.

—Me contenta mucho veros —me dijo a la luz de la luna.

—A mí también. ¿Tenéis noticias de mi amada?

—Vive en la corte con su madre, sin duda es una de las mujeres más bellas del reino, pero creo que no es una mujer que os convenga. Aunque es buena moza, su madre es interesada y egoísta —dijo Teobaldo.

—No quiero casarme con la madre —comenté.

—Pero ¿a caso habéis dejado la Iglesia? —preguntó mirando mi hábito.

—Ese es mi plan. En dos noches me enfrentaré al oso y recuperaré mi honor perdido —comenté.

—¿Cómo vais a hacer eso solo?

—Bueno, quería pediros vuestra ayuda —le dije.

—Vuestro padre tiene que autorizar la cacería —dijo Teobaldo.

—Cuando me vea regresar con el oso sé que me perdonará. Necesito recuperar mis privilegios y regresar con él a Toledo.

Teobaldo permaneció en silencio unos instantes. Lo que para mí era una simple travesura a él podía costarle el puesto o la vida. Tu abuelo era un hombre recto y todos temían su genio.

–Está bien, confiaré en vos –dijo mi maestro apoyando una mano en mi hombro.

–No os defraudaré.

–Mañana tendremos que poneros en forma. Después de un año de monje, imagino que se os habrá olvidado el manejo de lanza –dijo Teobaldo.

–Todos los días cortaba leña, sacaba agua del pozo y tuve que reparar muchas cosas, eso al menos ha permitido que mis músculos no se pierdan demasiado –contesté.

Los dos nos echamos a reír. La aventura que estábamos a punto de comenzar podía costarnos la vida y la honra.

2ª PARTE: EL VALOR

5. UN GODO VALIENTE

Cuando salimos en mitad de la noche no pude menos que recordar a mi madre. Si hubiera cazado el oso el año anterior, posiblemente la hubiera visto con vida. Me entristecía pensar que ella hubiera muerto pensado que era un cobarde.

Querido hijo, espero que sigas mi consejo y nunca arriesgues tu vida para demostrar a los demás tu valor. Hace años que prohibí la caza del oso por qué era inútil y producía muchas víctimas innecesarias. Ahora que tenemos que dedicar nuestra vida a liberar a nuestro reino de sus invasores, no debemos perder ni un solo guerrero.

Aquella noche recorrimos el mismo camino que un año antes, pero esta vez no íbamos a observar donde pacían los osos, nuestra misión era matar y arrancar la piel de un oso, para recuperar el favor de mi padre.

La luz de la luna nos alumbró el camino. Seguimos el sendero hasta el lago y esperamos pacientemente a que se acercaran los osos. No tuvimos que esperar demasiado, los osos se acercaron al agua y comenzaron a beber.

Teobaldo me pasó la lanza y me señaló a uno de los más grandes.

−Ese está algo separado del resto, será mejor que lo caces antes de que se marche −me dijo Teobaldo.

Tomé la lanza y me acerqué hasta el lago. Se percibía el frescor del agua y el viento era cálido para aquella época del año. Un fuerte olor a animal me llegó de repente.

Estaba muy cerca del eso, pero afortunadamente el no me podía oler a mí.

Mientras estaban a cuatro patas era mejor hincarles la lanza en el costado.

Según supe después, mientras nosotros dábamos caza al oso, mi padre había organizado una fiesta. El conde Favila, tu abuelo, jugaba a uno de los juegos más populares antes de la invasión de los moros. Él no podía esperar lo que sucedió poco después.

Justo en el momento que estaba a punto de arrojar la lanza, el oso se dio la vuelta, me miró con sus grandes ojos y abrió la boca para lanzar un furioso gruñido.

Me quedé paralizado. Por un lado, me fascinaba aquel fabuloso animal. Puesto en pie era mucho más alto que yo, sus garras eran como una docena de cuchillos, listos para hincarse en mi pecho. Levanté la lanza y la arrojé justo antes de que se abalanzara sobre mí. El oso cayó a mis pies, si no me hubiera apartado a tiempo, seguramente me hubiera aplastado.

El gruñido del animal había alertado a sus compañeros, todos ellos huyeron menos uno que vino hacia mí. Ya no tenía ninguna lanza que arrojar. Lo único que poseía era un puñal y mi astucia.

El oso comenzó a correr y justo cuando estuvo delante de mí, se puso en pie. Al principio pensé en huir, pero al final saqué mi cuchillo y lo hinqué en su pecho. El animal dio un bramido e intentó darme un zarpazo, pero logré esquivarlo. Le volví a hincar el puñal y el oso intentó de nuevo alcanzarme con su zarpa. Aprovechando la debilidad que le producían las heridas, salté y me aferré a su cuello, hinqué el cuchillo y lo degollé. El oso se quedó mudo de repente y un fuerte olor a sangre inundó mis fosas nasales. Después apuñalé al animal una y otra vez hasta que se derrumbó en el suelo.

Agotado me apoyé en el cuerpo agonizante del animal. Teobaldo corrió hacia mí y comprobó si estaba herido.

–Únicamente tienes unos rasguños –dijo complacido.

Yo me encontraba sin aliento, sudando y con un fuerte dolor en los brazos. La rabia con la que había matado al animal me había costado un fuerte dolor en el hombro izquierdo.

—Has matado a dos osos en vez de a uno —comentó mi maestro complacido.

Me ayudó a ponerme en pie y desollamos a los dos animales a la luz de la luna. En mitad de la noche soplé el cuerno de caza, quería que todos supieran lo que había hecho.

—¿Quién osa cazar a estas horas sin mi permiso? —preguntó enfadado mi padre.

El monje Amiano, que sabía de mi deseo de cazar al oso le dijo a mi padre:

—Pelayo fue a pasear a sus perros, seguramente se vio atacado por los osos.

Todos corrieron a sus cabalgaduras y salieron a nuestro encuentro. Recorrieron un buen trecho antes de encontrarnos. El acceso al lago era estrecho y los caballos llegaban con dificultad hasta allí.

Mi padre vio al oso tumbado con la lanza en el corazón, a su lado estaba el otro oso. Los perros estaban sueltos y nosotros cubiertos de sangre.

—Perdone, padre, por haber cazado sin vuestro permiso —dije temblando.

—¡Atad a los perros! —gritó mi padre.

Los siervos cogieron a los animales y los apartaron rápidamente. El monje intentó interceder por mí.

—¿No veis que los ha matado para salvar la vida?

—Ciertamente si no lo hubiera hecho estaría muerto, pero he buscado a estos osos para salvar más bien mi honor.

—¿Por qué matasteis a dos? —preguntó el monje.

—Así lo quiso Dios, que los puso en mi camino, tal vez para resarcirme de que el deje escapar la primavera pasada. De esta manera lavo el oprobio que hice a mi señor padre cuando hui ante aquel oso.

Favila se quedó pensativo. Vuestro abuelo era un hombre justo. Después me miró y preguntó:

−¿Qué será de vuestra vida religiosa?

−Que Dios llame a otros que tengan más deseos de servirle en ese camino −contesté.

−Sea pues −contestó mi padre sonriente.

Regresamos tan contentos al castillo, que apenas nos acordamos de que había alguien que faltaba, para celebrar con nosotros tanta dicha.

A la mañana siguiente me quité el hábito y me puse mis ropas, pero apenas me valían. Mi hermana tuvo que buscarme ropa de mi padre, para poder vestirme.

Cuando salí de la habitación, Teobaldo me esperaba sonriente.

−Partiremos antes de lo previsto, unos asuntos urgentes reclaman a tu padre en Toledo. Él partirá hoy mismo, nosotros lo haremos mañana con el resto de la comitiva.

Las palabras de mi maestro me emocionaron y entristecieron al mismo tiempo. Había soñado tantas veces con vivir en mi castillo, que salir apresuradamente hacia lo desconocido me inquietaba.

−No temáis, la corte no es mucho más que la reunión de mujeres que vuestra noble madre tenía en el emparrado −dijo Teobaldo para tranquilizarme.

−No es temor, es nostalgia. Siento que algo dentro de mí ha cambiado para siempre.

−Ya no sois un niño, a partir de ahora tendréis que vivir como un caballero. En la corte tendréis la oportunidad de aprender muchas cosas y conocer a mucha gente.

−A vos no os gustaba la corte −dije extrañado de las palabras de mi maestro.

−Hubo un tiempo en el que tuve aspiraciones, pero ahora soy un pobre viejo solitario −contestó. De repente su semblante se volvió triste y cabizbajo.

−¿Qué sucedió? −pregunté extrañado.

−Es una historia muy larga...

Con un gesto le pedí que continuara.

El rey de las montañas

—En aquel tiempo era un joven guerrero dispuesto a conseguir tierras y un título de nobleza. Como sabes, mi origen no es godo y por ello era casi imposible entrar en una casta vedada par los hispanos. Aun así, mi juventud me hacía temerario y soñador. Me dirigí a Toledo y me puse al servicio del rey. Comencé siendo un simple soldado, pero poco a poco logré entrar en la guardia personal de palacio. Lo que desconocía en ese momento, era que mi suerte era mi desgracia. En el palacio debía custodiar la zona de los aposentos personales de la familia real. Era un trabajo fácil, cómodo y placentero. Me pasaba el día haciendo recados o de pie, frente a las habitaciones de las hijas del rey. Una de ellas Clotilde, era tan hermosa como un ángel. El rey Recesvinto era menos cruel que su padre, pero su política había sido dura con la nobleza, la iglesia y los judíos. No quería que nadie pudiera en duda su dominio. En aquella época las conspiraciones abundaban y todos querían que el rey desapareciera. Uno de los conspiradores se puso en contacto conmigo, yo tenía acceso a la familia real y era sencillo que atentara contra ellos. Aquel hombre me prometió conseguir lo que de otro modo nunca obtendría. En uno de los viajes del rey a Gérticos, aproveché que la guardia personal era muy pequeña, dos de mis hombres me apoyaban. Rodeamos al rey y le herimos gravemente, después huimos. Clotilde me vio apuñalar a su padre, aun siento sus ojos azules clavados en los míos. El rey moribundo eligió a Wamba como sucesor. Los conspiradores no cumplieron su palabra y yo me refugié en estos valles, vuestro padre me contrató y llevo sirviéndole desde entonces.

—¿Por eso no queríais ir a la corte? —pregunté.

—Temía que alguien me reconociera, pero lo que no quería era ver a Clotilde. Aunque al parecer, después de la muerte de su padre fue internada en un convento —dijo Teobaldo.

—Muchas veces cometemos errores —comenté a mi maestro.

–No fue un error, fue traición y nunca podré perdonármelo –contestó Teobaldo.

En ese momento se le aguaron los ojos. La culpa seguía torturándole a pesar del tiempo. La pasé un brazo por el hombro y le dije:

–Ahora seréis mi mentor en la corte. Os necesito.

Caminamos por el patio, hasta que Teobaldo me dejó para dedicarse a preparar el viaje a Toledo. Mientras, busqué a Aniano, quería despedirme de él.

Estaba en la capilla del castillo. Entré en silencio y me puse de rodillas junto a él. Cuando terminó sus oraciones me miró sonriente.

–Había orado para que Dios te protegiera del oso –me comentó.

–Siento no volver con vos, voy a echar de menos a los hermanos.

–Dios tiene destinada para ti una misión muy importante. Ahora que vas a la corte, intenta mantenerte puro en medio de tanta violencia y corrupción –dijo el monje.

–Lo haré.

–Sigue leyendo, un hombre cultivado vale más que un ejército. Práctica la escritura, los hábitos se pierden si se dejan de lado. Sobre todo, ora para que Dios te dirija– –comentó el monje.

–Ore por mí –le pedí.

–Todos oraremos por ti.

Nos abrazamos y no pude evitar que las lágrimas rodaran por mis ojos. Aquel hombre me había enseñado que la virtud es el camino más largo, pero más seguro a la felicidad.

Por eso en estos años he insistido en que aprendieras a leer y escribir, el conocimiento devolverá a este reino su gloria primera. La oración y la meditación son las armas que Dios nos da para descubrir su voluntad.

Al día siguiente partimos para Toledo. El viaje era muy lago y difícil, lo normal era que tardáramos casi treinta días, llevábamos carros y avituallamiento, los caminos no se habían arreglado desde la época de los romanos y los banidos abundaban en las zonas serranas.

Cuanto dejamos atrás las montañas y llegamos a las llanuras, no podía creer lo que veían mis ojos. Inmensas planicies cultivadas con trigo, pueblos grandes y prósperos, castillos mucho más grandes y poderosos que los de mi familia.

Cruzamos algunos ríos tan caudalosos, que tuvimos que hacer un gran rodeo para cruzar por el puente romano que se conservaba, atravesamos bosques tan amplios, que parecían no tener fin. Cuando llegamos a Toledo, apenas podía creerme lo que veía. La ciudad más fabulosa que había visto nunca. Después mis viajes a Tierra Santa me hicieron conocer otras más grandes y bellas, pero cuando era joven me impacto la hermosura de la capital de nuestro reino.

Toledo parecía dormido cuando llegamos. Las murallas estaban a punto de cerrarse y apenas había gente en el camino. El reino no era muy seguro desde que el rey Wamba había muerto. El caos se extendía en muchas regiones y muchos señores gobernaban ajenos al rey de los visigodos. Witiza acababa de ser proclamado rey, pero sus antecesores habían conseguido hundir a la monarquía a su estado más lamentable.

Witiza era un rey despótico que había ascendido al poder tras estar asociado a Égica, su padre. En ese momento, el nuevo siglo estaba recién comenzado y los astros anunciaban nefastas desgracias. A Witiza no le gustaba Toledo, por lo que pasaba largas temporadas en Tey. Justo en uno días se iba a celebrar el XVIII Concilio de Toledo, para confirmale como rey, tras la muerte de su padre. El metropolitano Félix no era muy partidario de la elección, en los últimos años, monarquía e iglesia se habían distanciado.

Tras llegar a la casa que mi padre tenía en la ciudad, pudimos limpiarnos y quitarnos el polvo del camino. El viaje había sido muy caluroso. Yo no estaba acostumbrado a los rigores de la meseta. Mi padre nos recibió de nuevo sombrío, sin duda algunos asuntos preocupantes le rondaban la cabeza.

Cuando entré en el salón me sorprendió verle solo y cabizbajo.

–Tenemos que partir de inmediato –me dijo.

–¿Por qué? Acabo de llegar.

–Te acuerdas que recibí un mensaje del rey, me pide que reúna fuerzas para combatir a los vascos en el norte. Al parecer, han vuelto a levantarse en armas –me contestó.

–¿Y él concilio?

–Empieza mañana, yo saldré de camino, pero quiero que te quedes unos días para que seas mis ojos y mis oídos. Muchos creemos que esta dinastía no puede cambiar las cosas y que hay que proclamar a un nuevo rey.

–Entonces, ¿por qué os vais? –pregunté sorprendido.

–Mientras sea el rey no me queda otro remedio.

–¿Quién podría sucederle en el trono?

–Ya es hora de que sepáis la historia, hasta ahora no he podido contárosla. Vuestro abuelo Chindasvinto, fue rey de los godos, pero cuando era un anciano de casi ochenta años quedó prendado por la belleza de una joven. Aquella mala mujer logró engatusar a tu abuelo y convencerle para que dejara el trono al hijo de ambos, Recesvinto. Tu tío Teodofredo era el verdadero heredero, para contentarle le nombraron duque, a mí me dieron el miserable título de conde.

Me quedé sorprendido. Sabía que mi abuelo había sido rey, pero ignoraba la causa por la cuál había desheredado a mi tío.

–Nuestro plan es aprovechar el nombramiento, para levantar a los vasallos contra el rey. Vuestro tío levantará al sur y yo la Gallaecia, de esta manera destronaremos a Witiza.

Me quedé sorprendido al conocer el plan. No había imaginado ni por un instante que mi tío ambicionara el trono.

–¿De qué queréis que os informe? –pregunté emocionado por la noticia.

–Debéis de averiguar cuales son los partidarios del rey y en quién podemos confiar. Teobaldo os ayudará, el conoce bien los manejos de la corte. Aún así, debéis actuar con sumo cuidado. Witiza sabe que sois mi hijo y os tendrá estrechamente vigilados.

–De acuerdo –contesté.

–Ahora será mejor que descanséis. Os veré dentro de un mes.

Me despedí de mi padre y me dirigí a mi lecho. A pesar del cansancio no podía dormir, las revelaciones de mi padre me habían emocionado e ilusionado. Podía hacer algo bueno por el reino y por mi clan.

6. TRAICIÓN Y MUERTE

Cuando me levanté a la mañana siguiente tenía la sensación de haber vivido un sueño. Me parecía imposible lo que había sucedido en el último año. Creía que me encontraba en nuestro castillo y que las revelaciones de mi padre el día anterior no eran reales.

Teobaldo entró en el aposento y esperó a que me vistiese.

–Tenéis que presentaros ante el rey. Al medio día, será la primera sesión del concilio –comentó.

–Mi padre me contó ayer sus intenciones –le dije intentando ver lo que pensaba.

–Es un juego peligros y creo que tu padre no debería haberos metido en él.

–Ya no soy un niño, acaso olvidáis que maté a dos osos hace unas semanas –comenté indignado.

–Los entresijos de la corte son más peligrosos que los zarpazos de un oso. Los animales atacan de frente y nos dan tiempo a defendernos, los hombres suelen atacar por la espalda –dijo Teobaldo.

–Aun así, tendré que aprender y vos seréis el que me enseñe.

Salimos de la casa y nos dirigimos al palacio. Mientras recorría las calles empedradas repletas de gente, no dejaba de pensar en lo maravilloso que era conocer una ciudad como aquella. Los edificios eran majestuosos, las iglesias impresionantes y todo parecía encajar en su lugar.

El palacio no era muy grande. En los godos siempre ha habido una modestia que en la mayoría de los casos demuestra nuestra incapacidad. Por más que nos creamos sucesores de los emperadores, nunca llegaremos a su perfección. No somos capaces de hacer las obras públicas que ellos consiguieron, tampoco de mantener un estado fuerte del que se alimente el reino. Llevamos en nuestra sangre un egoísmo que nos hace incapaces de luchar por el bien común.

Entramos en el palacio y nos dirigimos a los jardines. El rey se encontraba paseando con algunos miembros de la corte. Aquella hora, hacía fresco y era muy agradable pasear entre los árboles.

Caminamos por un sendero y vimos un grupo de gente a lo lejos. En seguida vi un rostro conocido, era Egilona con su madre, la condesa de Brieva.

—Pelayo —dijo efusiva la joven.

La madre la retuvo con la mano e hizo una leve inclinación. Su hija la imitó.

—Me alegra veros, valiente guerrero —dijo la condesa.

—Lo mismo digo, señora condesa —contesté.

—Hemos sabido de sus hazañas con el oso, al parecer ha colgado los hábitos —comentó la condesa.

—Nunca hice los votos, simplemente estudié un año con los monjes. Algo de lo que no me arrepiento —dije.

—Comentan que los libros vuelven locos a los hombres —comentó la condesa.

—No más que otras cosas. ¿Cómo estás Egilona? —dije. La joven miró a la madre antes de contestar y ésta hizo un signo afirmativo con la cabeza.

—Bien, la corte es mucho más interesante que las montañas, aunque he echado de menos a algunas personas —dijo la joven ruborizándose.

—Yo también eché de menos a vos, en mi retiro obligado.

La condesa se mostró molesta y cambió la conversación.

—¿Dónde esta vuestro padre?
—Ha partido al alba, el rey le ha encomendado una misión contra los vascones —contesté.
—Los desconocía —dijo la condesa.
—Mi padre es un leal vasallo que obedece a su rey —dije sonriente.
—Hay una gran diferencia entre lealtad y servicio —comentó la mujer.
Teobaldo frunció el ceño. Miró a la condesa y dijo:
—Creo que los asuntos de estado no os incumben.
La condesa apretó los labios y se contuvo.
—Lo que necesitáis es un marido, aun sois joven y ya lo dijo el apóstol: que las viudas jóvenes es mejor que se casen —añadió Teobaldo.
—¿Y qué dice de los traidores? —preguntó la condesa.
Teobaldo se puso rojo y estuvo a punto de reaccionar a la provocación, pero yo intenté apaciguar los ánimos.
—Creo que dice, que a los traidores es mejor que no se les note —comenté.
La condesa me miró sorprendida. Teoblado y Egilona se echaron a reír.
—Discúlpenos, tenemos que marcharnos —dijo la condesa tirando de su hija.
—Espero veros pronto —dije a Egilona.
Ella contestó con una sonrisa. Cuando nos quedamos solos, Teobaldo me comentó al oído.
—La condesa es un elemento peligroso. Utilizó a vuestro padre para que la trajera a la corte y ahora busca un buen partido para su hija, algunos creen que quiere casarla con el propio príncipe.
Aquellas palabras me hirieron como puñales. Aún seguía amando a Egilona.
—¿Estáis seguro?
—Es *vox populi*.
—Mi madre nunca se fio de ella —comenté.
—Debéis cuidar lo que habléis con la madre y con la hija.

Nos cercamos al rey. Estaba rodeado de varios soldados y media docena de nobles.

—Majestad, permitidme que os presente a Pelayo, el hijo del conde Favila —dijo Teobaldo.

El rey me miró con aquiescencia, aunque en sus ojos reflejó cierta inquietud.

—Creo que matasteis a dos osos en vuestras tierras —comentó el rey.

—Dios me ayudó. Yo únicamente pretendía matar a uno —le contesté.

El rey me miró y después se echó a reír.

—Veo que sois más bromista que vuestro padre, Favila se toma todo demasiado en serio.

Los demás se rieron del comentario del rey.

—¿Partió ya hacia el norte? —preguntó.

—Sí, esta misma mañana —contesté.

—No hacía falta que se marchara tan rápido, esos vascos no saldrán nunca de sus montañas. Aunque a lo mejor quería librarse de asistir al concilio, he de admitir que es la reunión más tediosa del mundo.

Todos se rieron de nuevo.

—Espero no dormirme —contesté.

El rey se acercó a mí y pasó una mano por mi hombro.

—Creo que al final he encontrado alguien divertido en esta corte de aduladores. Lo mejor que tenéis los hombres del norte es la franqueza —comentó el rey.

—No es lo mejor, es lo único que tenemos. Nuestras tierras son demasiado pobres —comenté.

—¿Por qué lleváis el pelo tan corto? —preguntó el rey.

—Estuve un año con los monjes —contesté.

—Sois una caja de sorpresas. Es increíble que en una vida tan corta como la vuestra haya sucedido tantas cosas. ¿No sabréis leer y escribir?

—Sí, majestad.

—Creo que los viejos dioses me han escuchado. No me fío de los que escriben esos obispos en las actas. ¿Os veis capaz de escribir lo que se diga en la reunión?

La pregunta me dejó boquiabierto. Simplemente afirmé con la cabeza, sin saber que decir. Mi padre estaba a punto de traicionar al futuro rey y este me pedía que le ayudara.

—Será un honor, majestad —contesté aturdido.

—Esta noche cenareis a mi lado —dijo el rey.

Cuando nos alejamos del grupo, Teobaldo me observó. Yo estaba cabizbajo y confundido.

—Hay una lección que todavía tienes que aprender, las cosas no son como parecen —dijo Teobaldo.

—El rey parece una buena persona —comenté.

—Witiza es astuto como una serpiente. Nada le gustaría más que enfrenaros contra vuestro padre. Si consigue ganaros para su causa, tendrá un aliado en la familia de su peor enemigo —dijo Teobaldo.

Me quedé pensativo. Del sitio del que yo venía las cosas no eran así, los hombres defendían su honor por encima de cualquier cosa.

—Ahora lo entiendo, pero ya me he comprometido a ayudarle como amanuense.

—Eso no es ningún problema. Será mejor que utilicemos esta ventaja a nuestro favor. Él intentará atraerte y para ello puede que te cuente cosas que serán provechosas para nuestra causa —dijo Teobaldo.

Sonaron las campanas de la catedral y todos nos dirigimos hacia la reunión. El concilio estaba a punto de empezar. Me dirigí a una de las mesas y el secretario del rey me facilitó una pluma y tinta.

La reunión comenzó con la llegada del rey, después entraron los metropolitanos y obispos, por último, los abades y nobles. Allí estaba representado lo más florido del reino. Yo no conocía a nadie, pero muchos me miraban con curiosidad al pasar a mi lado. Debía ser una cosa extraña para ellos. Mis ropas eran pueblerinas, tenía el pelo ni corto ni largo y encima sabía leer y escribir.

—Estimados hombres de Dios. Nos hemos unidos en su nombre para tratar las cosas de este mundo y el venidero. La Iglesia católica es la fuente de verdad y derecho en este reino, heredo por igual del Imperio y de la bravura de nuestros antepasados los godos. Vivimos tiempos difíciles. Se habla de guerras y sediciones, pero el Altísimo hoy nos ha convocado aquí con el propósito de enmendar y encauzar este reino. Sed todos bienvenidos en nombre del rey y de la Iglesia –dijo el arzobispo de Toledo.

La asamblea aplaudió las palabras del prelado. Uno de los obispos más mayores se puso en pie y comenzó a leer los temas principales de la reunión.

–En el último concilio, el rey Égica nombró a su hijo Witiza, corregente de estos reinos. Durante dos años, padre e hijo nos han gobernado con el honor y la benevolencia de los siervos de Dios. Ahora, nuestro amado rey descansa con el creador, pero su hijo sigue a nuestro lado. Este concilio tiene el deber de ratificar su nombramiento. Nuestros reinos siguen sufriendo la lacra de los judíos. Hemos reunido numerosas pruebas de traición contra Hispania, debemos actuar con todo el rigor de la ley y limpiar nuestras tierras de los asesinos de Cristo. Los vascones han vuelto a rebelarse en el norte, pronto un ejército del rey los aplastará, pero es tiempo de que dispongamos la eliminación de ese pueblo enemigo. Por lo demás, encomendamos esta reunión a Dios todo poderoso, para que Él nos esfuerce y de sabiduría para gobernar este reino cristiano.

Después de la solemne presentación, uno de los nobles se levantó para defender la causa de Witiza. Lo cierto es que nadie iba a atreverse a desafiar al rey en público.

–Como era la costumbre de nuestros antepasados godos, los hombres libres debían de elegir entre ellos al mejor, para que los gobernase en justicia. Nunca hubo un pueblo más libre que el nuestro. En este día solemne ratificaremos a nuestro amado rey, para que gobierne con justicia, prudencia y valentía el reino de los godos.

En ese momento, un hombre muy anciano se puso en pie. El resto le miraron con temor y desprecio.

–La verdadera *lex* habla que el rey ha de elegirse entre

todos los hombres libres de este reino. No importa que Witiza sea hijo del anterior rey, ni que correinara junto a él, debemos elegir libremente al mejor candidato.

Teudis, la mano derecha del rey, se puso en pie. Todos le temían, aunque yo en ese momento ni sabía quién era.

–¿Cómo osas hablar así de nuestro rey? ¿A caso los nobles no representamos a los hombres libres de nuestros territorios? Esa costumbre del voto popular de todos los guerreros no se realiza desde hace siglos. Sabemos que algunos de vosotros conspiran contra el rey, pero aquí y ahora os digo que moriréis. No importa si os apoyan obispos o abades, seremos implacables y mataremos a todos los rebeldes. Ahora propongo que se de paso a la votación.

Yo miré a la asamblea y observé cómo algunos nobles agachaban la cabeza, sin duda la rebelión de la que hablaban era la que estaban preparando mi tío y mi padre. Comencé a sudar, pensé por un momento que sucedería si alguien se levantaba y mencionaba directamente el nombre de mi padre.

–¡Votemos! –gritó el secretario– Que levanten las manos los que apoyan a nuestro buen rey Witiza.

Prácticamente todos levantaron las manos, después el rey fue aclamado y varios hombres le cogieron en volandas y lo subieron a un escudo. Salieron de la sala aclamando al nuevo rey. El resto les seguimos. Fuera de la iglesia una multitud esperaba la aclamación.

–¡Viva el rey! –gritó el secretario.

El pueblo gritó a coro. Todo el mundo parecía feliz por la elección.

–Será mejor que nos retiremos ahora –comentó Teobaldo, es mejor que comentemos de que hablarás esta noche con el rey.

Dejamos la plaza y nos dirigimos hasta nuestra casa. Una vez dentro, Teobaldo dejó sus armas y nos sentamos en el salón principal.

–Me alegro de que vuestro padre no haya tenido que

contemplar este triste espectáculo. Un pueblo arrodillado ante un mal rey.

—Al menos él no ha tenido que arrodillarse —comenté.

—Nunca lo haría. El destino ha querido que estuviera muy lejos de aquí precisamente hoy —dijo Teobaldo.

—No sé si tendré fuerzas para hablar con el rey esta noche —dije muy serio.

—Debéis hacerlo, es la única manera de que vuestro padre descubra cuánto sabe el rey sobre la conspiración —-dijo Teobaldo.

—Estoy demasiado asustado —comenté.

—El rey desea ganaros para su causa y os abrirá su corazón.

Me quedé en silencio. No sabía cuales eran las costumbres de la corte, temía ser el hazmerreír de toda la mesa.

—Preguntadle directamente por la conspiración, decidle que os habéis preocupado al escuchar las palabras de Teudis.

—¿Quién ese Teudis? —pregunté.

—El hombre más perverso y ambicioso de Toledo. Realmente él es el que gobierna mientras el rey está retirado en Tui. Teudis es el que está esquilmando al pueblo y destruyendo su riqueza, para aumentar la suya persona —-comentó Teobaldo.

—No había oído hablar de él.

—Será mejor que os mantengáis lo más alejado posible de él —dijo Teobaldo muy serio.

Cuando el sol se había puesto nos dirigimos directamente al palacio. La entrada estaba iluminada por una fila de estacas iluminadas. Cruzamos las puertas y marchamos hasta la sala del trono. Allí estaban las mesas dispuestas, con manteles blancos y un sin fin de manjares que nunca había visto. En cuanto el rey me vio me hizo llamar y me acomodé junto a él.

—Sois mi invitado especial —dijo el rey algo bebido. Desde su proclamación había comenzado una fiesta que ya se alargaba varias horas. De hecho, la gente parecía haber perdido el pudor y muchos hombres perseguían abiertamente a las damas. Algunos de ellos cabalgándolas encima de las mimas mesas. Yo me sentía amedrentado por todo aquello, me recordaba a las escenas del infierno que el bueno de Aniano me había hablado en el monasterio. Aún los obispos retozaban con siervas y damas principales.

–Mis súbditos están alegres, Pelayo. Hoy es un día en el que Dios no condena a los hombres virtuosos –me dijo el rey al ver mi cara de espanto.

–No estoy acostumbrado a ver estas bacanales –dije-, la vida en el campo es austera y tranquila.

–Os entiendo, por eso cada vez paso menos tiempo en Toledo. Ya no me atraen las orgías y borracheras. Son cosas de la juventud. Además, ya no podría cabalgar dos yeguas al mismo tiempo –me dijo el rey.

Intenté no mirar a mí alrededor y concentrarme en mi misión.

–Os felicito por el acta que habéis tomado esta mañana, yo no se leer, pero mi secretario lo ha elogiado –dijo el rey.

–Gracias majestad.

–En estos tiempos es difícil saber en quién se puede confiar –dijo el rey dando un gran suspiro.

Uno de los siervos me llenó la copa de vino y yo a apuré de un trago.

–¿Teméis una conspiración? –pregunté armándome de valor.

–No la temo, simplemente sé que se producirá dentro de poco. Muchos no quieren que gobierne mi casa. Vivimos tiempos en los que el honor y la lealtad han dejado de tener significado –dijo el rey.

–Podéis contar con la de mi padre y mía –afirmé después de tomar la segunda copa de vino.

–No dudo de la vuestra. En cuanto a vuestro padre, aunque se que es un hombre justo, a veces se deja llevar por su hermano. No hay nada peor que la familia. Por eso le he encomendado la misión de reducir a los vascos, si lo hace bien y sin demora, consideraré que es un súbdito fiel –dijo el rey.

–Sin duda lo será –afirmé muy serio. No quería que el rey lo dudara ni por un momento.

–Debéis partir para ayudarlo –me dijo el rey-, pero ahora seréis mis ojos y mis oídos. Debéis servir al rey antes que a vuestro padre. Si me sois fiel s pondré sobre todos mis súbditos y seréis mi mano derecha.

El rey me abrazó y noté su fuerte aliento a vino. Después llamó a una de las damas que tenía a mano y le dijo:

–Complaced a este joven. Os lo ordena el rey.

Witiza me guiñó el ojo bueno ya que en el otro llevaba un parche. La mujer me tomó de la mano y me llevó en medio del salón. Lo último que vi antes de salir fue el rostro de la señora de Brieva, a la que dos hombres besaban al mismo tiempo afortunadamente mi amada no estaba.

Fui arrastrado al placer aquella noche, perdí la virginidad a manos de una desconocida y por orden de un rey. Espero que Dios también perdone este pecado que cometí, por ser fiel a mi padre.

7. LA PRIMERA BATALLA

A la mañana siguiente Teobaldo me rescató de las sabanas revueltas de mi cama. No sabía cómo había llegado hasta allí, apenas recordaba nada de la noche anterior, pero tenía un terrible dolor de cabeza. Me vestí, tomé algo de leche de cabra y partimos con diez hombres hacia el norte. Mi padre estaba formando un pequeño ejército cerca de Cesaragugusta. Desde allí partiría hasta Pompaelo hasta. Debíamos darnos prisa si queríamos alcanzarlo antes de que partiera de la ciudad.

Teobaldo se mantuvo callado la primea jornada. No mencionó nada de la noche anterior, pero cuando cruzamos Complutun se animó a preguntarme.

—¿Qué os dijo el rey sobre la conspiración?

—Teme que mi padre esté implicado, pero cree que la culpa es de mi tío. Promete renovar su confianza si vence a los vascones —contesté.

—No os podéis fiar de la palabra del rey. Es un hombre sin honor.

—No confío en él, únicamente os repito sus palabras —me contestó.

—¿Se fía de vos?

—Eso creo, me pidió que fuera sus ojos y sus oídos.

Mi maestro me miró sonriente. Sabía que podía llegar a ser muy desconfiado.

—Lo habéis hecho muy bien.

—Gracias —le contesté.

Cruzamos hasta las montañas y después de dos jornadas nos internamos en una tierra semidesértica, que años más tarde me recordaría a Tierra Santa. Cuando llegamos a Cesaraugusta, mi padre estaba a punto de partir.

Nos recibió en el palacio del obispo, al parecer este le había ofrecido su casa para que descansara.

–Estimado hijo, me alegra veros sano y salvo. Ya me han informado que Witiza ha sido nombrado rey, era de esperar –dijo mientras me abrazaba.

–El rey me sentó a su mesa y me trató como un hermano –dije.

–Es muy astuto. Me alegra que os acercarais a él, es la única forma de conocer sus verdaderas intenciones – ‑contestó mi padre.

–Sospecha que mi tío y vos estáis reuniendo un ejército contra él, aunque me ha asegurado que si le servís fielmente en esta misión os perdonará y restituirá –comenté a mi padre.

–Ese maldito bastardo se cree que puede amenazarme. Su reino se apoya sobre la nada. Cuando venza a los vascones y mi hermano tenga el control del sur, Witiza no tendrá reino sobre el que reinar –dijo mi padre frunciendo el ceño.

Uno de los siervos puso un plato y una copa y me sirvió la comida.

–Será mejor que comáis algo y descanséis. Mañana saldremos para las montañas. Esos bastardos son capaces de huir al otro lado de las montañas e internarse en el reino de los francos –dijo mi padre.

–No estoy cansado –comenté.

–Lo bueno de la juventud es que es imprudente y valerosa.

–Por fin podré demostrar mi valor en una batalla –dije.

–El valor es una temeridad. Será mejor que seáis astuto. Esos salvajes combaten como bestias y como a tales hay que tratarles.

Tomé la cena y después me despedí de mi padre. Una

vez en mi cuarto intenté pensar en mi amada, pero el cansancio del camino de apoderó de mí de repente y caí en un profundo sueño.

Al día siguiente marchamos hacia el norte. Favila, tu abuelo, había formado un ejército de mil hombres. Gracias al obispo de la ciudad pudo armara a su ejército y comprar provisiones para todo el viaje.

Las primeras jornadas fueron muy duras, la tierra era árida y el calor nos asfixiaba, pero en cuanto nos aproximamos a Pompaelo, al menos por las noches sentíamos el alivio del viento fresco.

Pompaelo era una ciudad pequeña, pero hermosa. Allí la mayoría de la población hablaba latín, aunque estaba muy mezclada con los vascones. La población nos recibió con frialdad y se resistieron a darnos provisiones, pero al final mi padre consiguió que las autoridades colaboraran. Salimos de la ciudad al día siguiente, con la certeza de que los vascones no tardarían en saber que nos dirigíamos en su busca.

Mi padre sabía lo difícil que era manejar un ejército por aquellos estrechos valles, por ello dividió a los hombres en cuatro grupos, para que no fuera fácil sorprendernos en los pasos más estrechos.

A medida que marchábamos hacia el mar, los valles eran más verdes y frondosos. Aquellas tierras me parecían iguales a las que mi madre me describía en mis cuentos infantiles, como si la mano del hombre no hubiera logrado doblegar aquellos bosques milenarios.

La segunda noche en medio del bosque comenzó a llover y nos refugiamos dentro de las tiendas confiados en que el barro no dificultara más nuestro avance.

–¿Cuánto queda para llegar a nuestro destino? – pregunté a mi padre.

–Si el tiempo empeora podemos tardar una semana, pero si se calma en dos días estaremos frente a nuestros enemigos.

—Estoy impaciente, no veo el momento de la lucha —le dije.

—Procura estar junto a tu maestro, no quiero que os maten en la primera batalla —dijo mi padre muy serio.

—He matado a dos osos —comenté enojado.

—También huisteis del primero. Es mejor que nos os arriesguéis. Los soldados veteranos son los que tienen que arriesgar la vida —dijo mi padre.

Salí enfadado de la tienda y me quedé un rato bajo la lluvia. El agua me empezó a calar todo el cuerpo, pero era agradable sentir algo. Desde a muerte de tu abuela las cosas habían perdido importancia.

Al día siguiente el tiempo mejoró y avanzamos a buen ritmo. Cuando llegamos junto al mar y contemplamos el pueblo me quedé maravillado. El mar seguía fascinándome, a pesar de que los godos nunca hemos sido hombres de mar. Seguía molesto con vuestro abuelo, en aquel momento no comprendía que lo único que deseaba era protegerme.

Mi padre nos reunió después de instalar el campamento. Colocaron una mesa y sobre ella un tosco mapa del valle.

—Los vascones están ocultos en lo más profundo, allí se estrecha tanto el valle que es imposible vencerles, tenemos que provocar su salida —dijo mi padre.

—¿Cómo lo conseguiremos? —preguntó Teobaldo.

—Tendremos que quemar el pueblo y violar a las mujeres —comentó mi padre.

Aquello me horrorizó, le miré sorprendido y él, como si entendiera mis reparos me devolvió la mirada y dijo:

—La guerra es así, vos no lo entendéis ahora, pero muchas veces para ganar tenemos que hacer cosas que no nos agradan. Además, de esa manera contentaremos a nuestros hombres. Les prometimos dinero y mujeres.

—Somos cristianos, padre. Dios castiga ese tipo de cosas —comenté sorprendido.

—Pediremos la absolución al obispo, por eso nos

preocupéis –dijo mi padre sonriente.

Se dieron órdenes para que comenzara la matanza y a las pocas horas el caos se había apoderado del pueblo. No quedó casa por incendiar, niños y niñas por asesinar, hombre vivo ni mujer violada. El terror se apoderó de aquella gente y algunos lograron huir a las montañas. De una manera para mí desconocida, aquellos hombres se convirtieron en bestias. Lo único que los saciaba era el vino, la sangre y el sufrimiento de sus víctimas.

Teobaldo y yo nos alejamos del pueblo y nos sentamos en una ladera cercana. Las luces del incendio brillaban en mitad de la noche.

–Es tu primera guerra, pero te acostumbrarás –me dijo con una voz suave y paternal.

–No lo creo –le contesté.

–Siempre ha sido así. Además, los vascones no son guerreros, son fieras salvajes, ellos no respetan las reglas de la batalla. No se les puede tratar con honor –dijo Teobaldo.

–Yo tampoco lo haría si alguien viniera para destruir mi hogar y violar a mis mujeres –contesté.

–Es la paga de los soldados. Esas mujeres tendrán hijos godos, lo quieran o no. Dentro de unas generaciones, la gente de este valle será de los nuestros –dijo Teobaldo.

Me quedé en silencio. La vida en el monasterio me había enseñado que había algo bello en la misericordia y el perdón. Algo que trascendía a la ambición y los deseos de este mundo. Tuve la tentación de dejar mi espada y regresar con los hermanos. Ellos estaban construyendo la ciudad de Dios. El mismo lugar que San Agustín había descrito en su libro. Un lugar en el que el amor sustituyera al odio, en el que la única ambición fuera servir a Dios y a los demás.

–Un día serás conde, tal vez duque y deberás proteger a tu pueblo. Si no les vencemos, ellos vendrán y nos expulsarán a nosotros. ¿Lo entendéis?

–Debe haber otro camino, de otra forma, ¿qué nos

diferencia de estos paganos? Somos cristianos, Teobaldo. Cristo murió por todos los hombres.
—Somos soldados de Cristo. En su nombre hacemos todo esto —dijo extendiendo los brazos.
—No podemos hacer lo contrario que Él enseñó y decir que lo hacemos en su nombre —comenté.
Aquella noche dormí inquieto. Tuve un sueño extraño. En él aparecía un rebaño de ovejas guiadas por un pastor. El rebaño comía plácidamente en medio de un gran prado, pero de repente una jauría de lobos llegó al prado y comenzó a devorar a las ovejas. Cuando el pastor intentó impedirlo, le mataron y siguieron destruyendo el rebaño. Después escuché una voz que decía: Protege a mis ovejas. En el sueño comenzaba a enfrentarme a los lobos, estos me rodeaban y estaban a punto de matarme, pero lograba vencerlos.
A la mañana siguiente una extensa niebla cubría el horizonte. A nuestro lado todo era muerte y destrucción. Parecía como si estuviéramos en el infierno. Mi padre comenzó a organizar la búsqueda de los vascones, en contra de lo que había planeado, nadie se acercó al pueblo a socorrer a las mujeres y los ancianos.
—Hoy mismo saldremos en su busca, iremos en grupos pequeños. No quiero que nos sorprendan en un desfiladero estrecho —dijo mi padre.
Yo le miraba indiferente. Nunca habría pensado que fuera capaz de dar la orden de matar y violar a gente inocente, pero debía aprender a luchar y él era uno de los mejores guerreros del reino.
Apenas llevábamos reunidos unos momentos, cuando escuchamos un fuerte rugido. Cuando salimos de la tienda para observar, el rugido era más fuerte. Algo estaba bajando desde la montaña hacia nosotros. Después un siseo recorrió el aire y vimos flechas ardientes que se calvaban en las tiendas.
—¡Apagad eso! —ordenó mi padre.
Los soldados corrieron a sofocar el fuego, pero otra

nueva ráfaga de flechas vino de la niebla extendiendo las llamas.

Mi padre dejó las tiendas y colocó a los soldados en posición defensiva. Esperábamos un ataque feroz, los vascones tenían fama de rudos y valientes.

Esperamos con los escudos levantados y la respiración acelerada por la emoción. Entonces aparecieron. Vestían pieles y tenían un aspecto terrible. Llevaban las caras tiznadas de verde, portaban hachas, mazas y lanzas. Corrieron hasta nosotros y chocaron con fuerza contra la barrera. Resistimos el envite y no nos dejamos amedrentar. Nuestros arqueros, que estaban en el interior de la protección, dispararon contra los vascones y cayeron un buen número, pero eso no les asustó, al revés comenzaron a luchar con más rabia.

Después de un rato, lograron romper el círculo y media docena de vascones se dirigió hacía mi padre, Teobaldo y yo. Luchamos con las espadas, pero sus hachas nos golpeaban con fuerza en el escudo. Por un momento pensé que con otro golpe de aquellos me partirían el brazo.

Logré matar a uno de mis enemigos, mi padre y Teobaldo mataron a los otros, pero una nueva oleada de vascones comenzó a luchar dentro del círculo.

Luchamos sin descanso durante horas y cuando parecía que ya no había enemigos que combatir, surgían de la niebla y con la misma furia que los primeros arremetían contra nosotros. Estaba a punto de llegar la noche y los hombres estaban agotados, pero mantenían las líneas defensivas. Entonces salió de en mitad de la nada un gigante rodeado de medio centenar de guerreros. Mi padre me había hablado de él, era el jefe de los vascones y uno de los guerreros más temibles de la montaña. Dijo algo en un idioma incomprensible y sus hombres atacaron con fuerza. El jefe logró entrar en el círculo y se dirigió directamente hacía mi. Mi padre intentó acercarse para protegerme, pero dos guerreros le mantenían alejado.

–¡Malditos godos! Pagareis cara la muerte de nuestras

mujeres y niños –gritó el gigante.

Me golpeó con una maza y me hizo perder el equilibrio. Volvió a golpear, pero rodé por el suelo y esquivé el golpe. Me puse en pie y con un rápido movimiento logré herirle en el costado. El gigante apenas se inmutó. Cada golpe que acertaba en mi escudo me dejaba más flojo, me dolía el brazo y pensé en soltar el escudo, pero eso habría supuesto mi muerte. Cuando estaba a punto de rendirme, me vino a la mente la imagen de aquellos osos a los que había logrado matar. Levanté la espada e hice un ademán de golpear, me incliné y el gigante intentó golpearme con todas sus fuerzas, para ello tuvo que doblarse y dejar al descubierto el pecho. Le hundí la espada en el corazón y al incorporarse esta se partió en dos. Me quedé con la empuñadura en la mano, observando la cara de furia del gigante. La hoja de la espada se perdía en una gran mancha de sangre. El jefe levantó la mano para golpearme y yo esperé indefenso el golpe. Un hilo de sangre recorrió los labios del gigante y se derrumbó como un tronco de árbol. Cuando el resto de sus hombres vieron que su jefe había muerto, huyeron despavoridos.

Los nuestros comenzaron a seguirlos y muchos cayeron antes de internarse en el bosque.

–Muy bien hijo –comentó mi padre.

–Habéis matado vuestro tercer oso –bromeó Teobaldo.

Estábamos cubiertos de sangre. Los cuerpos de los soldados cubrían el suelo y apenas podíamos caminar por el valle. Nuestros hombres pasaron el resto del día quemando cuerpos. Los vascones habían sido derrotados. Aquella victoria nos acercaba más a la incierta rebelión que organizaban mi padre y mi tío. Yo debía mantener mi fidelidad a mi clan, aunque no creía que pudiéramos vencer al rey.

Aquella noche dormí de un tirón. Sentía el cuerpo agotado y dolorido, pero había algo embriagador en la sangre de tus enemigos. Desde entonces he matado muchos guerreros, ahora sé que nadie merece morir, que

NOMBRE DEL AUTOR

Dios ha destinado un tiempo para cada hombre, pero que a veces los horrores de la guerra se hacen inevitables.

8. LA CONSPIRACIÓN

Después de la victoria viajamos a Lucus, una de las ciudades más importantes de la Gallaecia, allí Favila, tu abuelo, pretendía reunir a un mayor número de soldados antes de reunirse con sus hermanos, el duque Teodofredo y sitiar Toledo.

El viaje fue largo difícil. Apenas había caminos que llevaran hacia el oeste y la marcha de un ejército cada vez más numeroso se hacía pesada. Cuando llegamos a la ciudad fuimos recibidos como héroes, allí el rey Witiza no era muy querido y muchos estaban dispuestos a la rebelión. Nos instalamos en el antiguo palacio romano, la ciudad conservaba muchos de los edificios del imperio y era sorprendente ver hasta que punto los romanos nos superaban en todas las artes.

Yo pasé la mayor parte del tiempo practicando la lucha con Teobaldo, visitando las ruinas romanas y leyendo en la biblioteca de uno de los monasterios más grandes de la ciudad.

Mi padre y yo apenas nos veíamos. Él debía verme como un ser débil y afeminado. A pesar de haberme enfrentado bravamente en la batalla, sin duda pensaba que mis ideas eran de mujeres. Los hombres no suelen preocuparse por el resultado de las guerras ni las víctimas que produce, o por lo menos eso era lo que pensaban los godos, nuestros antepasados. A los que las guerras eran el instrumento de Dios para cambiar el mundo y darles a ellos la gloria que merecían.

Tu abuelo creía que otro de los problemas que tenía era la lectura. Pensaba que los libros eran capaces de doblegar el carácter más fuerte e incapaces de enseñarte las cosas verdaderamente importantes de la vida.

En cambio, los libros han sido siempre un instrumento para aumentar la inteligencia y aprender nuevas formas de estrategia. He disfrutado mucho leyendo a Julio Cesar, en su libro La guerra de las Galias, además de promover sus propios méritos, nos enseña a como enfrentar los problemas militares de una manera inteligente. Por eso, hijo mío, sé un hombre sabio y gobernará bien a tu pueblo en la guerra y en la paz, porque para ambas cosas debes aprender a ejercer la autoridad sobre tus súbditos. El día en el que repitamos las hazañas de aquellos emperadores, volveremos a ser fuertes y hábiles.

Después de unas semanas de tranquilidad, justo en el momento que mi padre tenía todo para partir y únicamente esperaba que un mensajero de su hermano le indicara el comienzo de la guerra, recibimos noticias de que el rey se dirigía hacia nosotros. Al parecer, quería cazar en Gallaecia y felicitar personalmente a mi padre por su victoria contra los vascones.

Aquello no parecía normal. El rey no solía viajar al oeste y menos, según el mismo me había contado, con sospechas de que mi padre podía organizar una rebelión contra él.

Un día antes de que el rey llegara a la ciudad, mi padre desplazó parte de las fuerzas a los pueblos cercanos. El rey podía sospechar al ver un ejército tan numeroso, que debería estar disuelto después de haber terminado la guerra contra los vascones. Notaba que estaba nervioso, como si la falta de noticias de su hermano comenzara a preocuparle realmente.

Me hizo llamar y aquella noche comimos juntos. Pasó buena parte de la cena en silencio, yo tampoco quise decir nada, le veía inquieto y cabizbajo.

—Hijo, en la vida a veces tenemos que hacer aquellas cosas que detestamos. Eso es algo que todavía no has aprendido. Odio la deslealtad, pero tengo que traicionar a mi rey, abomino la injusticia, pero muchas veces debemos ser injustos para alcanzar un bien mayor —dijo mi padre en un tono de voz suave.

—No os juzgo, padre. Únicamente me pregunto si es la única forma —contesté.

—Es la única, no he conocido otra. En la vida la mayoría de los pueblos y de las personas, el único idioma que conocen es la violencia. La única forma de gobernar es a través del miedo —dijo mi padre.

—Los romanos reinaban por medio del derecho —dije.

—Nosotros también tenemos leyes, pero los godos necesitamos algo más que pergaminos para obedecer. Esto es lo que necesitamos —dijo poniendo su pesada espada sobre la mesa.

Me quedé en silencio. Sin duda la experiencia de mi padre era mayor y no quería contradecirle.

—Sin espada no hay ley —comentó.

—Sin ley la espada se convierte en un arma de dos filos, la venganza se hace ley y vivimos bajo el desorden —dije mirando directamente a los ojos de mi padre.

—Vivimos tiempos difíciles. Ya no somos godos ni romanos, nuestro pueblo ha perdido sus costumbres, debemos devolver el valor y la bravura a los godos, de otra manera sucumbiremos ante nuestros enemigos —dijo mi padre.

—¿Qué enemigos? —pregunté. Desde la expulsión de los bizantinos, ningún otro ejército había intentado dominarnos.

—Cuando los pueblos decaen, otros vienen a someterlos, tenlo por seguro

Las palabras de mi padre me dejaron preocupado. Era cierto que el reino se encontraba debilitado por la anarquía y la violencia, pero las cosas cambiarían cuando un nuevo rey llegara al trono. A lo mejor, aquella rebelión de mi padre y mi tío lograban devolver a nuestro reino la gloria pasada.

Me retiré a dormir. Todos estábamos inquietos por la llegada del rey e imagino que, como la mayoría, pensaba que el rey venía a pedirle cuentas a mi padre.

Teobaldo me sacó de la cama precipitadamente. Corrimos hasta la muralla y el destello del día me cegó por un momento.

El día siguiente se levanto soleado y resplandeciente. El verano estaba a punto de terminar, pero los días eran todavía largos y el sol aparecía cada mañana invariablemente.

Desde las alturas podía verse la nube de polvo que levantaban los ejércitos del rey, no parecía que Witiza viniera a una simple cacería, a no ser que lo que intentara cazar fuera a mi pobre padre.

El ejército del rey acampó delante de las murallas, después Witiza entró en la ciudad rodeado de un gran número de soldados y nobles. Mi padre lo recibió en el palacio y organizó una gran fiesta.

—Estimado rey, creo que ya conocéis a mi hijo Pelayo.

—Nos vimos en Toledo y me sirvió de secretario. Su fidelidad parece incuestionable —dijo el rey mirando fijamente a los ojos de mi padre.

Favila bajó la mirada e hizo un ademán para que el rey se sentara a su lado.

—Pensé salir a vuestro encuentro al saber que veníais a cazar aquí, pero no quise ser malinterpretado.

—Estimado Favila, vos sois siempre muy bien interpretado, os lo aseguro. Se ven a la legua vuestras intenciones —contestó el rey.

Mi padre decidió dar comienzo a la fiesta, antes de que aumentara la tensión. Al menos, un poco de distracción conseguiría calmar los ánimos.

Primero un grupo de saltimbanquis nos ofreció todo tipo de piruetas, después unos domadores nos mostraron unas gigantescas fieras de África y después, unas bailarinas griegas realizaron una serie de bailes sensuales.

La comida fue muy copiosa y el rey apenas se dirigió a mi padre en un par de ocasiones. Al finalizar los primeros platos y tras la llegada del postre, le miró y dijo:

—Bueno, creo que ha llegado el momento de que me habléis de vuestros planes para derrocarme. ¿O acaso pensáis más bien asesinarme?

Mi padre se quedó pálido, pero logró reponerse y responder intentando disimular su sorpresa.

—Yo soy vuestro más fiel servidor, por petición vuestra he vencido a los vascones y os he servido fielmente todos estos años —contestó al fin.

—Entonces, ¿Por qué no habéis disuelto vuestro ejército? ¿Creéis que mis informadores no saben dónde lo ocultáis?

—No ocultó nada, únicamente esperaba reunir el dinero de su soldada antes de enviarlos a casa —dijo mi padre.

—¿Por qué vuestro hermano está reuniendo a otro ejército en el su?

—No lo sé.

—Sí me decís la verdad, tendré compasión de vos y de vuestra casa. Seréis castigado como es nuestra costumbre y os extraeremos los ojos, pero salvaréis la vida de vuestro hijo y su herencia —dijo el rey.

Mi padre se puso en pie e intentó desenvainar la espada, pero dos caballeros le detuvieron.

—¡No seréis capaz de matar a un hijo del rey Chindasvinto! —gritó mi padre fuera de sí.

El rey se acercó furioso y comenzó a estrangularle con sus propias manos. Yo intenté levantarme, pero Teobaldo me detuvo.

—Perderás tú también la vida —me dijo en un susurro.

Los ojos de mi padre se pusieron en blanco y se derrumbó sobre la mesa. El rey me miró con los ojos rojos y pensé por un momento que estaba muerto, pero sin mediar palabra se retiró a descansar. La fiesta siguió como tal cosa, con el cuerpo de mi padre abandonado como el de un perro.

—Salgamos ahora —dijo Teobaldo.

Me llevó por los pasillos hasta las caballerizas y ensilló un par de caballos. Abandonamos la ciudad y cabalgamos durante todo el día y toda la noche. Se nos unieron veinticinco de los hombres más fieles de mi padre y descansamos en La Robla.

—Tengo que enterrar a mi padre —dije aquella noche a Teobaldo.

—Es una locura, si el rey os vuelve a ver os matará, os lo aseguro.

—No puedo consentir que sea enterrado por sus enemigos. Traerán su cuerpo por este camino, seguramente para ser expuesto en Toledo.

Aguardamos cuatro días en el pueblo hasta que la comitiva pasó por allí. Medio centenar de soldados llevaban el cuerpo de tu abuelo atado a una mula. Le habían amputado una mano y tenía el color cetrino de la putrefacción. Su imagen me desgarró el corazón.

—No podemos hacer nada. Son demasiados —dijo Teobaldo.

—Esta noche recuperaremos el cuerpo —dije con un nudo en la garganta.

La espera se me hizo insoportable, pero al final la noche cubrió el campamento de los soldados que custodiaban el cuerpo y, afortunadamente, como ya daba olor, lo mantenían a cierta distancia. Únicamente dos centinelas guardaban el cuerpo.

Nos acercamos en plena noche, acuchillamos a los centinelas y tomamos el cuerpo.

Enterramos el cuerpo en un lugar secreto, no deseaba que nadie más lo profanara e impidiera su reposo eterno. Nuestro capellán hizo un breve responso y nos dirigimos al sur, con la esperanza de avisar a mi tío Teodofredo.

Cuando llegamos a Córdoba nos enteramos de la terrible suerte de mi tío. Al parecer el rey había llegado el día antes y después de reducirle le había arrancado los ojos con sus propias manos. Nuestra familia había perdido todas sus tierras, títulos y privilegios.

En Córdoba nos enteramos de que el rey me había desterrado y confiscado todos mis bienes. Si me encontraban dentro de su territorio, sufriría la misma suerte que mi tío. Afortunadamente mi primo Rodrigo también se encontraba a salvo.

El único camino era huir al reino de los francos y esperar a que el rey muriera.

Emprendimos un largo viaje sin apenas ayuda, ya que el rey había decretado que todo el que nos ayudara sufriría un terrible castigo. Pasamos por nuestras tierras y recogí a mis hermanas y las posesiones que pudimos llevar encima y cruzamos las montañas.

9. EXILIO

Después de cruzar las montañas e internarnos en la tierra de los francos, pasamos muchas vicisitudes. Desconocíamos su idioma que, aunque pareado al nuestro, no dejaba de sernos extraño. No teníamos apenas provisiones ni sabíamos como conseguir ayuda en tierra extraña. La muerte de mi padre me hizo madurar prematuramente, ahora yo era el jefe de la casa y debí proteger a mis hermanas, caballeros y siervos.

Los primeros días agotamos las pocas provisiones que nos quedaban. Cazábamos algunos animales y nos instalamos provisionalmente en una tierra que parecía abandonada. Muchas de las guerras de los señores de la zona habían despoblado el territorio.

En uno de nuestros viajes para recolectar grano, vino o cualquier otro alimento que nos ayudara a pasar el invierno que se acercaba, sufrimos un incidente que me gustaría que conocieras.

Entramos en una aldea mísera y al vernos llegar la mayoría de los campesinos huyó despavorido. Todos menos una anciana que nos miró tranquila, como si ya no tuviera miedo a nada. La mujer estaba sentada delante de su corral, acariciaba a un burro hermoso y cuidado que contrastaba con la pobreza del lugar.

—A la buena de Dios —dijo la anciana, al vernos pasar.

—Dios la guarde —contesté mientras me paraba un momento a observarla. En aquellas zonas algunos hablaban nuestra lengua y otros la de los francos o la de los vascones.

—¿A dónde van con tanta compañía? —preguntó la anciana muy serena.

—A ver lo que el buen Dios nos de hoy para comer —contesté.

Uno de los soldados desmontó y se dirigió hacia el animal para observarlo, la anciana cambió de actitud y se aferró al animal con todas sus fuerzas.

—No se lleven mi burrito, os lo suplico —dijo la anciana llorando.

—No somos ladrones —dije a la mujer.

—Entonces, no me lo arrebaten —contestó a la mujer.

—El animal da leche y nosotros tenemos niños que cuidar, pero ¿para qué necesita la burra usted?

—La leche de este animal y un poco de torta es lo único que como. Si se la llevan moriré.

Hiderico, uno de los caballeros más fieles de mi padre, desmontó y se acercó enfadado a la mujer. Él tenía varios hijos que alimentar y se encontraba desesperado.

—Maldita anciana egoísta. Será mejor que lleguéis a un acuerdo con mi señor, que demasiada paciencia está empleando con vos.

La anciana le miró atemorizada, pero sin dejar de apretar al animal.

—Mi señor os pagará bien el animal —dijo Hiderico.

—No quiero unas monedas por el animal que me da la vida —comentó la anciana.

Hiderico tomó al burro y se lo arrancó de los brazos a la anciana que comenzó a gritar de desesperación.

Un joven salió de la casa y sujetó a la anciana. Era bien parecido, fuerte y con más luces de la que aquellas tierras desiertas parecían dar.

—Disculpen a mi abuela, caballeros. Ya no rige bien y está aferrada a ese animal como a su vida —comentó el joven.

Le lancé una bolsa con monedas al joven, aquella

cantidad habría valido para comprar tres animales como ese, pero me dolió el corazón ver tanta pobreza y las lágrimas de la anciana.

Cuando los lugareños vieron lo que sucedía, se acercaron para vendernos animales, trigo y otras provisiones. Gracias al cielo, mi padre guardaba una pequeña fortuna en el castillo y no andábamos escasos de monedas.

Salimos de la aldea bien provistos y satisfechos, con aquellos alimentos podríamos superar el invierno. Algunos de los hombres estaban reparando una gran casona abandonada, que debió servir de defensa en su tiempo. En la primavera ya decidiríamos lo que hacíamos con nuestro destino.

Al llegar al límite de la aldea, el nieto de la anciana vino corriendo hasta nosotros.

—¡Mi señor! —gritó sin aliento.

—Decidme, mozo —contesté.

—¿Puedo ir con vos? Soy aficionado a las armas y podría serviros hasta que aprenda el oficio de soldado.

Me quedé pensativo. No andábamos sobrados de hombres y aquel era joven y parecía inteligente.

—Ven con nosotros —le dije.

Regresamos a nuestro refugio dando un rodeo de dos días por el valle. Conseguimos más provisiones y animales. El joven siempre caminaba a mi lado, como si fuera uno de mis perros de caza. Parecía feliz de venir con nosotros, pero observé en él un comportamiento extraño. Cada poco se aferraba a su escarcela de piel y tocaba algo en el interior. Al final no pude resistir y le pregunté que guardaba allí. El joven se puso pálido y mudo. Después intentó escapar, pero dos de los soldados le trajeron de nuevo ante mí.

—¿Qué guardas aquí? —pregunté registrando su escarcela.

Encontré las dos monedas de oro que había dado a su abuela par el burro.

–Son mías –dijo el joven al punto de llorar.

Saqué las dos monedas que había dado a su abuela.

–¿Sois capaz de dejar morir de hambre a vuestra abuela?

–No las he robado –dijo el joven entre sollozos

–La ley dice que debemos cortarte la mano –comenté.

–Yo creo que por gravedad deberíamos cortarle las dos –dijo Hilderico.

–Mi abuela me la dio –dijo el joven con las manos puestas sobre la roca en la que el verdugo iba a cortársela.

Me quedé dudando. Aquello era suficientemente serio para que esperáramos al día siguiente.

–Si es cierto lo que dices salvaras las manos, pero si es mentira, más grave es engañar a tu señor y además de las manos te cortaré la cabeza –le advertí.

–Gracias os doy mi señor, espero que los emisarios lleguen y que mi abuela esté viva, ya que hace meses que lo único que desea es morir –contestó el joven de rodillas.

Montamos el campamento y esperamos el regreso de los mensajeros. La noche pasó rápidamente y a la mañana siguiente los emisarios llegaron con los caballos agotados. Reunimos a todos los hombres, para que escucharan la sentencia.

–¿Qué ha sucedido? –pregunté impaciente.

–Encontramos a la anciana en su lecho de muerte, pero con fuerzas para hablar. La anciana nos declaró que todo lo que había dicho el mancebo era verdad –dijo el soldado.

–¿No sería amor de abuela? –pregunté.

–Para asegurarnos lo juró por Cristo y los Santos Evangelios. No creemos que una anciana tan próxima a morir fuera a perjurar de esa manera –comentaron los soldados.

–Soltar al joven. ¿Cómo os llamáis? –pregunté.

–Osorio.

–¿Por qué trataste e huir cuando te pregunté?

–Mi señor, los pobres nunca esperamos ser creídos por un señor tan importante. Por eso solemos escapar de estas cosas, pero he visto que vos sois de otra manera y os prometo serviros todos los días de mi vida.

Continuamos camino con la satisfacción de haber hecho justicia. Teníamos ganas de regresar a casa, pero recorrimos una zona peligrosa habitada por fieros vascones. Allí únicamente había cardos, que los naturales cortaban para beber. Después de varios días de camino el hambre comenzó a apretar a los soldados. Tenían prohibido comer de lo que llevábamos a nuestro refugio y cazar era imposible.

Al tercer día un grupo de soldados me pidió que al menos sacrificáramos a la burra para comer su carne. Pero antes de que tomara la decisión tres de las mujeres que nos acompañaban me dijeron que matar a la burra era asesinar a sus hijos, ya que los niños se alimentaban de su leche.

Ante esta decisión salomónica, pensé que la única solución era que yo mismo me sacrificara, ya que un verdadero noble debe dar ejemplo de nobleza. Desenfundé la espada maté a mi querido caballo alazán. Todos sabían lo que apreciaba a mi animal, pero mis pobres sirvientes eran más importantes que una bestia.

—Ahora tenéis carne, pero dejad la leche a los niños — dije a los soldados.

Mis hombres me miraron atónitos. Aquel era mi caballo favorito, después tuve muchos otros, pero nunca como el Alazán. De esto debes aprender, querido hijo, que no hay ninguna bestia, ni ningún tesoro que valga más que la vida de uno de tus súbditos.

Al día siguiente, como si Dios hubiera premiado mi modesta acción. Encontramos agua. Era un poco salubre, pero pudimos beber nosotros y nuestros animales. Hiderico me pidió que nos quedáramos unos días allí, recuperáramos fuerzas, cazáramos y saláramos las piezas para llevar suficientes provisiones para lo que quedaba de viaje. Así lo hicimos, permitiendo que los hombres y los animales descansaran un poco.

Al tercer día regresamos al refugio. Su construcción

estaba avanzada, podríamos refugiarnos el invierno y después llegar a la Narbonense. En aquel momento yo pensaba que la única solución era alejarme lo más posible del rey Witiza. En uno de sus ataques de ira, podía adentrarse en aquellas tierras y exterminarnos, pero nunca entraría en el territorio franco.

Logramos llenar la despensa, recoger leña y algo de grano y verduras. Aquella comarca era tan pobre que, aunque hubiéramos intentado permanecer allí, no hubiera sido imposible.

Las primeras nevadas llegaron pronto. Limitaron nuestras salidas a los alrededores, pero a esas alturas los únicos animales que veíamos eran los lobos, que buscaban desesperados las últimas piezas antes de que el frío impidiera cazar.

Por las noches nos reuníamos alrededor de la gran chimenea en la que las mujeres cocinaban. Contábamos viejas historias godas, para que los niños no olvidasen su procedencia o las batallas de nuestros antepasados. Nunca hablábamos de tu abuelo, tal vez su muerte era todavía muy cercana, para que el dolor nos dejara platicar sobre su vida y sobre su desgraciado final. Las mujeres enseñaban a las niñas a coser y cocinar. También el Padre nuestro y algunos rezos sencillos, que nos confortaban a todos e impedían la sensación de abandono que sentíamos en aquella región tan apartada.

Una de las noches se acercó una de mis hermanas y se sentó a mi lado.

—Estáis bien hermano —me dijo con su dulce voz.

—Sí —le contesté.

—Habéis madurado muy rápido. La vida ha sido injusta con vos, pero en cambio, vos habéis sacrificado todo por los demás. Nadie os impedía huir hacia Roma o los francos y vender vuestra espada como mercenario, pero preferís arrastrar a todos estos siervos, mujeres y niños.

—Es mi deber. Soy el hijo de Favila, estos son mis siervos y vosotras mi carne. Puede que el rey me exilie de mis tierras, pero nunca lo hará de mi honor. Tenemos sangre de reyes, debemos comportarnos como tales –le contesté.

–La nobleza de vuestra vida es indiscutible. La verdadera nobleza no se demuestra con los títulos, los honores o las posesiones, es aquella que brota de un corazón generoso. Dios os lo premiará –dijo mi hermana.

–No espero ninguna recompensa –comenté.

–Él da a aquellos que no esperan nada –me dijo.

–Pues nada espero. Aún al rey que tanto mal nos ha hecho me mantengo fiel, porque es el que Dios eligió. Aprendí muchas cosas con los monjes, una de ellas fue a vivir sometido a la voluntad de Dios –dije.

–Pues Él os premie.

Después de aquella pequeña charla me sentí más fuerte. Tras meses de penurias me veía perdido y tenía la sensación de haber llevado a mi gente a la muerte segura. Después descansé. Si Dios nos había mantenido con vida hasta aquel trance, lo mismo haría el resto del invierno.

Durante días enteros no vemos la luz del sol. Tormentas de nieve nos rodearon y en muchas ocasiones tardamos varias horas en despejar las puertas. Pero después del invierno siempre llega la primavera, nunca olvides esto hijo. No importa la duro, difícil y temible que sea el invierno, llegará a su fin.

La nieve comenzó a derretirse y en una de mis primeras salidas a caballo observé los primeros almendros en flor. Aquella señal de esperanza me recordó a la paloma enviada por Noe, para reconocer la tierra. El final de nuestro diluvio había pasado y dentro de poco celebraríamos la fiesta de la primavera.

10. REY DE LA GALIA

Cuando la primavera estaba avanzada, nos decimos a continuar viaje y pasar a la tierra de los francos. Teníamos familia entre ellos, pero esto no impedía que nos siguieran viendo como enemigos. Por ello mandé a dos de mis hombres, para advertir a los francos que veníamos en son de paz. Nuestra familia estaba emparentada con ellos, una hermana de la madre de tu abuelo se había casado con uno de sus principales señores. Aunque yo imaginaba, que nuestro familiar debía haber muerto hacía tiempo.

Llegamos a la Narbonense y los francos no recibieron armados. La ciudad estaba en la Galia Gótica, un territorio que pertenecía por derecho al rey visigodo, ya que lo habíamos ganado bajo el reinado de Witero en la batalla de Carcassone, pero nuestra monarquía estaba tan decaída, que no controlaba el territorio desde hacía muchos años.

El señor de aquellas tierras accedió a verme, pero con muchas reticencias. No permitió que ninguno de nosotros entrara armado al castillo y mantuvo a todo su ejército rodeando nuestro campamento.

Cuando nos presentamos ante su presencia, nos sorprendió que hablara tan bien nuestro idioma.

—¿Qué vienen a hacer tan al norte caballeros visigodos? —nos preguntó sin más protocolo.

—Somos exiliados. Escapamos de nuestro rey y pedimos asilo en estas tierras.

—¿Asilo? Con los mismos mimbres engañaron a los

troyanos. ¿Cuándo un visigodo sirvió a un franco? – –preguntó el noble.

Observé su cara comida por alguna enfermedad, sus ojos azules estaban muertos y sus cabellos blancos caían sucios sobre sus hombros. Aquel no era un hombre que mereciera mi respeto, pero tampoco estaba dispuesto a ir más al norte. Introducirme más en el reino de los Francos podía ser muy peligroso.

–Nuestro rey nos ha expulsado de sus tierras y hemos venido aquí para trabajar y comenzar nuestra vida de nuevo. Podemos serviros fielmente –dije al noble.

–¿Por qué podríamos a nuestros enemigos a proteger a nuestros rebaños? No queremos alimentar a más bocas este verano. Salid de mis tierras antes de que llegue la luna nueva o moriréis. No tendré compasión de ancianos, mujeres ni niños –dijo el noble soltando espumarajos por la boca.

–No os preocupéis, volveremos al sur –dije.

Mientras caminábamos hacia la puerta del castillo Hiderico se aproximó a mí y me dijo:

–Estos francos merecen morir. Si no lo hacen de buen grado, hagámonos con la plaza con la fuerza de las armas.

–Calla, insensato –le contesté en n susurro.

Una vez en el campamento reuní a mis hombres.

–Los francos quieren que nos marchemos –dije con el rostro apesadumbrado. Les había hecho recorrer todo ese fatigoso camino para nada.

–Quedémonos y démosles una lección –dijo Hilderico.

–Están fortificados y mejor armados –le contesté.

–Tal vez desconozcáis como el duque Claudio venció a estos cobardes.

Hilderico extrajo un pergamino y leyó la batalla y el derecho de los hispanos sobre aquellas tierras.

–Si vencemos a estos francos estaremos sirviendo al rey y tal vez nos perdone y nos devuelva las tierras –dijo Hilderico.

–No es tan sencillo, amado amigo –le contesté.

–Según el Fuero Juzgo, el caballero desterrado puede mantenerse batiéndose con sus enemigos –dijo Hilderico.

–Nosotros no contamos con el ejército del duque Claudio –le contesté.

–Es cierto, mi señor, pero tampoco tenemos intención de invadir toda la Galia –dijo mi amigo.

–Pero ¿cómo formaremos el ejército? No tenemos levas que reunir –le comenté.

–El dinero puede comprar a un buen número de guerreros dispuestos –me dijo.

Todos los caballeros asintieron. Querían luchar y vengar en parte las afrentas que habían soportado en silencio.

–Está bien. Sea.

Los caballeros gritaron jubilosos y nos dirigimos a un par de días de camino para reunir el ejército. Conseguimos dos centenares de hombres y regresamos al castillo. Enviamos un emisario declarando que esas tierras pertenecían a los godos y que las reclamábamos en su nombre. Los francos contestaron y nos dieron largas, pero al quinto día preparamos el ataque.

Aquella era mi primera guerra y recordando las lecciones que había leído en los libros, determiné que la sorpresa era mejor que el asedio. El invierno no tardaría en llegar y ellos estaban mejor preparados que nosotros.

Reuní a mis jefes en la tienda y les expliqué mi plan.

–Entraremos de noche por la parte baja de la muralla. Los almacenes de grano y las cuadras están cerca de allí. Si logramos quemarlos, ellos saldrán para hacernos frente, ya que no podrán soportar el asedio –dije a mis hombres.

–¿Quién entrará? –preguntó uno de ellos.

–Yo –contesté.

–No podemos arriesgar vuestra vida –dijeron varios caballeros.

–Yo os acompañaré con otros dos hombres.

–Lo haremos a mitad de la noche –comenté-, poco antes de que cambien la guardia, cuando los soldados están más cansados.

Aquella noche entramos en la ciudad Hilderico, dos de sus hombres, Osorio, el joven pastor y yo. Saltamos sin dificultad la muralla y matamos a los guardas.

–Hay que prenderla por los cuatro costados, para evitar que puedan apagar el fuego –le dije a Hilderico.

–Sí, señor.

Prendimos los tejados de paja y el fuego se extendió con rapidez. Varios soldados comenzaron a perseguirnos, pero logramos subir a la muralla. Entonces una nube de flechas cayó sobre nosotros.

–¡Maldición! –gritó Hilderico.

No llevábamos escudos para andar más ligeros, por lo que nos ocultamos detrás de los cadáveres de los guardas muertos.

–¡Por Jesucristo! –gritó uno de los nuestros al ser alcanzado por una flecha.

Los soldados se acercaban y nosotros estábamos atrapados. Nos pusimos en pie y batiéndonos contra ellos. Eran tres a uno, pero aguantamos el ataque. El pobre Osorio apenas lograba mantenerlos a raya, pero yo logré librarme de los míos y acudí para ayudarle. Entonces noté un pinchazo en el hombro. Sin soltar la espada, defendí al joven y nos lanzamos por la muralla al río. Nos siguieron Hilderico y el otro soldado.

El agua fría me quitó el dolor del flechazo, pero cuando el capellán me miró la herida me advirtió de que necesitaba reposo. No le hice mucho caso. Salí a la puerta de mi tienda y observé el fuego sobre la muralla. Lo habíamos logrado. Aquella escaramuza era mi primera batalla como jefe de mi clan, los hombres me miraban impresionados.

A la mañana siguiente el noble franco mandó un mensajero. Nos dejaba elegir el lugar y la hora en la que nuestros ejércitos se batieran. Aquello era una buena noticia, pero la batalla no estaba ni mucho menos ganada. Nos superaban en número tres a uno. Tenían más caballos y arqueros, estaban bien coordinados y pertrechados.

Debíamos tener un plan para deshacer sus líneas antes de que nos aplastaran.

Elegí el día de San Atanasio.

Aquella mañana una tupida niebla cubría la llanura. Las murallas apenas se adivinaban, pero el sonido del ejército en marcha hizo que a todos nos diera un vuelco el corazón. En aquel momento pensé que era morir luchando que seguir huyendo como un perro el resto de mis días.

Cuando la niebla se disipó, el ejército franco estaba a pocos metros de nosotros. Me puse delante de las tropas y oré a Dios.

—Dios justo, sabes que vinimos en son de paz y no nos recibieron, les ofrecimos amistad y nos despidieron como a viles ladrones. Por ley y derecho esta tierra nos pertenece, por justicia somos dueños de estos valles y estos montes. Si os place hoy, dadnos la victoria sobre nuestros enemigos. Si no, la muerte y el camino hacia el paraíso. Amén.

Los hombres gritaron con todas sus fuerzas. Los arqueros francos se colocaron y lanzaron una gran ráfaga de flechas. Nos protegimos con los escudos y esperamos hasta que el grueso del ejército enemigo se lanzó sobre nosotros. Justo en el momento en el que nuestras armas iban a chocar. Mandé retirada.

—¡Retirada!

Todos corrieron despavoridos hasta el bosque y se internaron dispersándose. Veinte hombres y yo éramos los últimos e intentamos llegar hasta el bosque a base de mandobles, ya que nuestros enemigos estuvieron a punto de rodearnos.

Una vez en el bosque, el ejército franco se internó con furia y en desorden. Los hombres que había posicionado a los lados lanzaron sus flechas a los enemigos y estos cayeron en gran número. Después se quemó la leña que se había acumulado delante y detrás de ellos. Encerrándoles en medio de los dos fuegos y las flechas. Cuando el terror se hizo señor de los francos, salimos el resto para luchar hombre a hombres. Ya no eran más que nosotros, muy al contrario. Apenas quedaban en pie un centenar.

Me aproximé al noble por un lado y le reté, pero el pobre viejo lanzó la espada al suelo. La batalla había terminado.

Nuestros hombres gritaron como locos y desarmaron a sus enemigos.

Tras la victoria ordené que saquearan las riquezas del noble y sus caballeros, pero que dejaran en paz a las mujeres, los niños y los pobres. Descansamos en el castillo hasta aquel invierno. Sabíamos que, en la siguiente primavera, los francos mandarían un ejército para darnos caza, pero nosotros solos no podíamos enfrentarnos a toda la Galia.

Los campesinos nos sirvieron fielmente. Los únicos enemigos que cometimos aquel otoño fue a los sarracenos, que atacaban las tierras pegadas a la costa y robaban lo que podían a los campesinos.

Nuestra fama corrió por toda la Galia y la noticia de nuestra victoria debió llega a Toledo.

Unos meses más tarde, sucedió lo que yo no hubiera imaginado ni en mis sueños más profundos. Egilona, su amada, llegó con su madre la condesa de Brieva y un gran séquito. Preparé un ala del castillo para ellas y organicé una gran fiesta.

Aquella primera noche, casi no pude contener el aliento cuando vi a aparecer a mi amada con un bellísimo vestido verde. La condesa seguía siendo también muy bella, aun más que la hija. Aunque su alma era negra como el infierno.

—Estimado don Pelayo —dijo la condesa extendiendo su mano.

—Señoras —dije sin hacer ademán de besarles la mano. Yo no era un cortesano y aquello no era una corte.

—Hemos venido animadas por la fama de vuestras victorias, pero con una invitación real. Vuestro señor os necesita ahora más que nunca. Muchos se levantan contra él y en vos tiene un fiel vasallo –dijo la condesa.

–¿Un fiel vasallo? Mi padre fue asesinado, muy tío mutilado y mis primos y yo exiliados. No debo nada al rey –contesté.

–Fue benévolo con vos, podía haberos matado, pero nunca os culpó de la traición de vuestro padre –dijo la condesa.

Un golpe de furia me hizo sacar la espada y ponerla sobre su cuello. No pareció atemorizarse, si no más bien excitarse.

–Matadme si con eso hago un buen servicio al rey y a vuestra familia. ¿Qué haría vuestro padre? Podéis recuperar vuestro título, tierras y ocupar un lugar junto al rey –dijo la condesa.

–Junto al que mató cruelmente a mi padre –apunté.

–Además, he prometido al rey que mi hija se unirá a vos si os nombra duque, ocupando el título de vuestro tío –dijo la condesa.

–¿Cómo iba yo a despojarle a él? –pregunté perplejo.

–Es un traidor y sois el familiar directo que debe conservarlo –me contestó.

–Mi honor me lo impide –dije.

–Entonces, rechazáis a mi hija –dijo la condesa malhumorada.

Me quedé en silencio y observé a mi amada. Ella me sonrió. A sus dieciocho años me parecía aún más bella.

–Tengo que pensarlo –contesté.

–Tenéis hasta mañana. No voy a permanecer en estas tierras salvajes ni un día más –dijo la condesa poniéndose en pie y llevándose a su hija.

Hilderico se acercó a mí.

–En todo soy inferior a vos, pero en algo os supero. En edad. ¿Por qué volver a Hispania? ¿Qué os espera allí? Un rey loco e intrigante capaz de mataros cuando se le antoje.

–No pertenezco a este lugar –le contesté.

–Uno pertenece a la tierra en la que habita –contestó.

–Recuperaría el honor de mi padre –comenté.

—Él ya está muerto —dijo.
—Tendría el título que ansiaba.
—¿A qué precio? Sirviendo a su verdugo.
—Según la ley de los godos tengo derecho —le dije enfadado.
—Según la de Cristo. Él quiere que perdonemos y olvidemos, regresar significa buscar venganza.

Me quedé pensativo. Sabía que, si regresaba, al final me pondría al lado de un bando o el otro, pero no podía dejar escapar de nuevo a mi amada.

—Que preparen todo. En dos semanas nos marcharemos —ordené a mi amigo.

Hilderico se levantó cabizbajo y me dejó solo en la mesa. De aquello aprendí, que el corazón es mal consejero. El amor es capaz de cegarnos y convertirnos en hojas llevadas por el viento. Dios me había dado todo lo que necesitaba, pero el ojo nunca se sacia de ver ni el oído de oír. Unos días más tarde nos dirigimos hacia la Tarraconense, allí estaríamos hasta que el rey nos enviara a sus mensajeros. Regresaba al reino como un héroe, con muchas posesiones y riquezas, pero demasiado joven para darme cuenta de que caía de nuevo en la trampa de esa mujer pérfida, que lo único que deseaba era su provecho. Conmigo arrastré a los míos, lo que les robó la paz y tranquilidad que habíamos ganado con tanto esfuerzo.

11. UN NUEVO REY PARA HISPANIA

Tras llegar a la Tarraconense, conocimos que el rey Witiza estaba enfermo. Era un rey joven, pero tal vez su maldad le había ocasionado una enfermedad que le debilitaba enormemente. Al parecer el rey tenía cólicos que le impedían comer, sufriendo terribles dolores. Witiza había hecho traer a numerosos médicos, uno de ellos árabe, pero no daban con la solución. El cirujano árabe le abrió la tripa y le salió una bilis blanca hasta que después de unos meses murió.

La muerte de un rey, aunque este haya sido un tirano para el pueblo, siempre es una mala noticia. El caos y la guerra suele apoderarse del reino. Si además el pueblo no acepta a sus herederos, las dificultades pueden arruinar completamente el reino. Por ello, hijo mío debe cuidarte cuando seas rey, lo que te suceda a ti, significará la vida o la muerte de muchos inocentes.

El rey Witiza antes de morir nombró a sus tres hijos como herederos del reino. Agila Olmundo y Ardabastro eran los nuevos reyes, pero el mayor apenas tenía diez años. Los nobles desaprobaron los nombramientos. Al elegir a los tres, Witiza condenaba al reino a dividirse en tres partes, además, tres niños no podían gobernar un reino tan grande.

Recuerda esta lección, nunca debes dividir el reino, como las Sagradas Escrituras dicen: *onme regnum divisum contra se, desolabitur.*

Los partidarios de la familia real intentaron convencer a los nobles de que el único rey sería Agila II.

A todo esto, los nobles pidieron que se convocara un concilio o el Aula Regia para tratar el asunto. Naturalmente, mi tío y mi primo estaban detrás de los descontentos y buscaban venganza.

En la Tarraconense, nos aposentamos en casa de un familiar cercano. Allí se dedicó mi futura esposa a reunir su ajuar y yo a comprar las cosas necesarias para la boda. Su madre me había advertido que hasta que este no estuviera completo, no me entregaría la mano de su hija. Sin duda la condesa de Brieva se creía algo menos que una reina.

En muchas ocasiones mis amigos y consejeros, quisieron persuadirme del error que estaba cometiendo, pero yo era ciego y sordo a sus palabras.

Me conformaba con largos paseos con mi amada, besos en la mejilla y sueños de prosperidad en el futuro.

Hasta eso me robó la arpía de la condesa. Terminó por prohibir a su hija los paseos, ya que temía que le robara la virginidad y perdiera el interés por ella. Únicamente podíamos vernos delante de su madre. Aquello aumentó aun más mis deseos de casarme.

Un día llegaron emisarios de mi tío, el duque Teodofredo. En su carta me comentaba la intención de verme allí mismo, ya que el poder de Witiza no se respetaba en la Tarraconense.

Teodofredo fue en barco al encuentro de su sobrino. Venía rodeado de toda una corte de fieles, como si estuviera preparando su futura coronación.

Levantaron un campamento cerca de la playa y última hora de la tarde le recibió en la tienda principal.

—Hijo mío —dijo mi tío con los brazos abiertos.

Sus ojos permanecían en sus órbitas pero sin vida.

—Querido tío —contesté, devolviéndose el saludo.

A pesar del parentesco, lo cierto es que nos habíamos visto en contadas ocasiones y que mi padre siempre había guardado cierto recelo hacia él.

—Sentaos – me dijo.

Unas esclavas moras comenzaron a tocar una suave melodía.

—¿Sabéis que el rey está pronto a morir y sus herederos son tan solo unos niños? —me preguntó mi tío.

—Algo he oído.

—El reino entrará en guerra y buscará un mejor candidato. Es la oportunidad que tu padre y yo hemos buscado toda la vida –dijo.

—Esas eran viejas ambiciones que nos llevaron casi hasta la destrucción, le contesté.

Mi tío frunció el ceño. Seguía siendo un hombre testarudo al que no le gustaba que le llevaran la contraria.

—Hay que saber bien del lado que uno debe estar, aunque seas sangre de mi sangre, si decides quedarte junto a Witiza, no podré hacer nada por ti —me amenazó.

—Nadie hizo nada por mí y no me ha ido tan mal, no os parece tío.

—¿No quieres volver a Hispania, casarte y formar una familia? —me preguntó.

—¿Quién no desea eso?

—Te prometo un título, numerosas tierras y castillos, serás el segundo hombre más importante del reino después de mi hijo, ¿Qué dices?

La oferta era muy generosa, mucho más de lo que yo esperaba y deseaba. Junto a los títulos y castillos, se encontraba la obligación de pasar una vida entera dependiendo del rey. Yo no era un hombre al que le gustara la política, casi hubiera preferido regresar a la Galia, pero sabía que de esa forma perdería a mi amada y la herencia de mi padre.

—¿Qué deseáis que haga? —le pregunté.

—Tu fama de guerrero ha llegado hasta Toledo. Queremos que te unas a nuestro ejército. Yo conservo un gran tesoro que puede formar al ejército más grande, desde que estuvieron aquí los romanos.

Por el bien de la familia y el reino me comprometo –
-contesté.

–Necesito más que un compromiso. Señor obispo, acercaos.

Uno de los religiosos que le acompañaban se aproximó.

–Quiero que mi sobrino jure sobre las Sagradas Escrituras su fidelidad al nuevo rey.

–No ambiciono la corona, no soy príncipe, ni deseo serlo. Me gustaría regresar a mis tierras y ser feliz con mi futura esposa –le contesté.

El obispo acercó un gran libro y lo colocó sobre la mesa. Puse la mano sobre él. Su tacto era suave, la piel gastada brillaba en la tapa.

–¿Juráis servir lealmente a vuestro tío, Teodofredo y vuestro primo Rodrigo, dando vuestra vida si es necesario? –preguntó el obispo.

–Lo juro –dije en alta voz.

Mi tío sonrió y mi primo se acercó para abrazarme. Era más alto que yo, de pelo moreno y grandes ojos claros. Tenía el porte de un rey, ya que sacaba una cabeza a todos los que allí estábamos reunidos.

–Primo, con vos a nuestro lado, la victoria es segura –dijo Rodrigo.

–Que Dios nos asista –contesté.

–Será mejor que traigan la comida.

Comimos hasta bien entrada la noche. Algunos bebieron mucho, pero yo nunca he sido muy dado a las pasiones desordenadas de nuestro pueblo. Me retiré a la tienda que mi tío me había preparado y me acompañó mi fiel Hilderico.

–¿Qué pensáis de todo esto? –pregunté a mi amigo.

–Que vuestro tío os necesita más que vos a él.

–Pero es mi deber, nos unen lazos de sangre –comenté.

–Esos mismos lazos fueron los que llevaron a vuestro padre a la muerte y a vuestra casa a la destrucción. En cambio, el sigue siendo duque y guarda la mayor parte de la fortuna familiar –dijo Hilderico.

—Al menos seré primer conde estepario –dije.

—El que hace el trabajo sucio al rey. Eso os atará a la corte e impedirá que gobernéis vuestras tierras –dijo mi amigo.

—No puedo hacer otra cosa. Debemos ponernos con un bando o el otro, nadie respetará nuestra neutralidad ––comenté apesadumbrado.

Antes de dormir me puse de rodillas y oré a Dios. Sin duda, Él era el único que podía aconsejarme en un trance así. Después dormí como un niño.

A la mañana siguiente se acercó a mi Rodrigo. Mi primo tenía verdaderamente porte de rey, tal vez su padre le había educado para ello.

—Querido primo. Me alegra que vos seáis mi principal partidario –me dijo contemplando el mar.

—No podría ser de otra manera, primo

—El peso de Hispania es muy grande. Gobernaremos uno de los reinos más extensos del mundo y necesitaremos vuestra ayuda.

—En lo que pueda os serviré fielmente –le dije.

—Esta mañana han llegado al campamento la condesa de Brieva y su hija. Los cierto es que lo han iluminado con su belleza –dijo mi primo ignorante de mi compromiso con Egilona.

—Las tengo bajo mi protección –comenté.

—Doblemente afortunado al tener a madre e hija bajo el mismo techo.

Aún estábamos hablando cuando la condesa de Brieva se acercó a nosotros del brazo de mi tío.

—Hijos, dejadme que os presente…

—Nos conocemos –le interrumpí a mi tío

—Sí, vuestro sobrino ha sido nuestro anfitrión –comentó la condesa.

—Vuestra belleza ha alumbrado nuestro modesto campamento –dijo Rodrigo.

—Mi flor declina, pero la de mi hija está comenzando a abrirse –contestó la condesa con una modestia que le quedaba grande.

La miré sorprendido. No había mencionado nuestro compromiso, tampoco la futura boda en mis tierras de la Galia.

—El rey y su padre nos han pedido que nos unamos a ellos. Aunque habéis sido muy amables todo este tiempo, lamento tener que anunciaros que marcharemos con ellos. No puedo resistir a la voluntad de un rey —dijo bromeando.

Yo fruncí el ceño. No sabía qué tramaba aquella pérfida mujer, pero no me gustaba nada.

—Pelayo partirá hoy también, debe traer todos sus hombres cuanto antes. Al rey no le queda mucho y necesitaremos a Pelayo con todas sus huestes —dijo mi tío.

Me molestó que mi tío me diera órdenes sin previo aviso delante de aquella señora.

—Partiré cuanto antes —dije.

—Muy bien hijo —contestó mi tío.

—Si me disculpan —dije alejándome del grupo.

Busqué a mi amada hasta encontrarla en una de las tiendas. Estaba sentada cosiendo. Me aproximé a ella y tomé sus manos.

—¿Por qué os marcháis ahora? —le pregunté en un susurro.

—Mi madre ha pedido al rey que nos lleve con él— —comentó.

—¿Y nuestro compromiso? ¿Qué sucederá con nuestra boda? —pregunté.

—No lo sé. Mi madre no me consulta esas cosas —me comentó.

—Venid conmigo y nos casaremos en secreto.

—No puedo, perdería mi honor y vos la posición frente al futuro rey.

—No me importa. Nadie ira a buscarnos a la Galia— —comenté.

—A mí sí me importa. No he sido criada para vivir como una mujer de campo.

—Pero al menos estaremos juntos —le comenté.

—Marchad a por vuestros hombres, una vez vuelto y cuando el rey tome la corona pedidle mi mano. Él no os la negará —dijo mi amada.

A pesar del dolor que me producía la separación. La besé la mano y tomé a mis hombres, después reuní al resto en la ciudad y nos dirigimos hacia la Galia.

Tras varios días de viaje comprobamos que todo permanecía intacto. Al parecer los francos no habían intentado recuperar sus posesiones. Tomamos reservas de comida, alistamos un gran ejército y nos preparamos para partir.

Un mensajero llegó de Toledo con noticias nuevas.

—Señor —dijo el heraldo entregándome una carta lacrada.

La abrí y la leí

—El rey Witiza ha muerto, se ha convocado el Aula Regia para ratificar a su hijo Agila —dije a mis caballeros

—Es la noticia que esperábamos —comentó Hilderico.

—Reúne a todos los hombres, partimos mañana —le ordené.

—¿Dejaremos una guarnición en el castillo? —preguntó Hilderico.

—No, regresamos a Hispania.

Hilderico me miró preocupado. No entendía por qué arriesgaba todo por un título incierto y una boda que cada día parecía más lejana.

—Dios proveerá —le dije leyendo sus pensamientos.

—Dios provee al que se guarda primero —me contestó.

Marchamos con todas nuestras fuerzas hacia el sur. Nuestro numeroso ejército se movía despacio y mi impaciencia aumentaba por momentos. Nos llegaban noticias de Toledo y de las reuniones de los nobles, las discusiones podían prolongarse durante meses. Mi tío había llevado a los partidarios de su hijo a la ciudad, para conseguir que Rodrigo fuera elegido, pero los partidarios de los Witiza no se dejaban amedrentar.

Cuando llegué a Toledo me enteré de que mi amada no estaba allí. Mi tío, con mucha astucia había mantenido a su hijo protegido en la Tarraconense y la condesa de Brieva y su hija estaban con él. Teodofredo no quería poner en peligro a su hijo ni mostrar la impaciencia que tenían por acceder a la corona.

Toledo estaba inquieto aquellos días. Se veían nobles con sus comitivas de un lado para el otro, obispos, monjes y soldados. La ciudad hervía en la disputa de la sucesión y podía palparse la guerra civil.

En cuanto me aposenté en la ciudad me dirigí a la reunión de notables. Entre en la sala y me senté lo más atrás que pude. La política es el ejercicio más aburrido del poder. Mientras que otros hablan, nosotros debemos dirigir un reino. Nunca te enfrasques en discusiones o pleitos. Siempre habrá gente descontenta y en desacuerdo.

En aquel momento, el arzobispo de Toledo se puso en pie.

—No habrá concilio. La sucesión al trono no es un asunto religioso, deben dirimirlo los nobles —comentó el arzobispo.

—La Iglesia ha de ser mediadora —dijo un noble.

—Mediaremos por la oración y el ayuno, pero no debemos nosotros decidir quién es el rey de los godos —contestó el arzobispo.

Mi tío se puso en pie y se quedó en silencio un rato. Un murmullo se extendió por la sala y cuando al fin, todos se callaron dijo:

—Nosotros amamos el orden y la prosperidad de este reino. Como dicen las Sagradas Escrituras, un reino dividido contra sí mismo no prevalecerá. Mi familia busca la unidad. Sea cual sea nuestro rey, debemos unirnos alrededor suyo una vez que le elijamos.

La mayor parte asintió con la cabeza y mi tío continuó su discurso.

—Como no puede ser de otra manera, respetamos las decisiones del rey Witiza. ¿Qué padre no desearía el reino para su hijo? Pero lo que debemos pensar, es si eso es bueno para Hispania. ¿Podemos esperar hasta que sus hijos sean adultos? Nos rodean muchos enemigos y un rey niño favorecerá sus posiciones. Debemos elegir al mejor entre nosotros, esa es nuestra obligación como godos y como cristianos.

Muchos afirmaban con la cabeza, pero otros parecían molestos por sus palabras.

–Vos pedís que elijamos libremente, pero tenéis un ejército rodeando la ciudad –comentó el arzobispo.

–Ese ejército no pretende coaccionaros, simplemente proteger al Aula Regia de cualquier incidencia –comentó mi tío.

–Las armas no dejan oír vuestras palabras –dijo uno de los witizanos.

–¿Las armas? El anterior rey me sacó los ojos, me quitó el título que consiguieron mis antepasados, despojó a mi hijo y mató a mi hermano. ¿He tomado venganza? No, espero justicia y esa únicamente viene de Dios el creador. Confío en la sabiduría de esta asamblea y acataré lo que decida. Mi sobrino, Pelayo, ha reunido ese ejército para defender al rey legítimo que esta asamblea elija, sea el que sea –comentó mi tío en un tono solemne.

Una multitud de mirada se posó sobre mí.

–La boca de los mentirosos es conocida por sus grandes palabras –dijo el obispo Oppas, poniéndose en pie–. Mi hermano, el rey, os castigó por traición, os despojó por cobarde y debiera haberos matado, pero su bondad era mayor que su inteligencia.

Mi tío dio dos pasos hacia el obispo y pensé que lo mataría allí mismo, pero antes de llegar a él se detuvo.

–No se hable más, en los próximos tres días se decidirá cuál será el próximo rey de los godos –declaró dejando la sala.

Seguí a mi tío por los pasillos. Para ser ciego se movía con agilidad por los lugares, aunque siempre acompañado de dos hombres que le guardaban los pasos.

—Me alegro de verte aquí. Ya os oídos las intenciones de los witizanos, no cejarán en su empeño de destruir a nuestra familia.

—Ellos simplemente defienden su causa —le contesté.

—¿Su causa? Han llevado al reino a la bancarrota, lo han vendido a esos malditos judíos y no cejarán hasta arruinarlo por completo —contestó mi tío.

Me quedé callado y le seguí hasta las afueras de la ciudad. Entró en una casa noble y llegó hasta el salón principal.

—Sacaremos esta tarde a los halcones, hace una tarde buenísima para ser febrero —comentó mi tío.

Entonces apareció la condesa de Brieva, cubierta con vestido de paño púrpura y arreglada como si esperara nuestra llegada. Debió verme la cara de sorpresa, por lo que en su saludo lanzó una de las cuchilladas que más han tardado en sanarse en toda mi vida.

—Estimado Pelayo, no os sorprenda hallarme aquí, mi lugar está junto a mi hija y el de ella, al lado de su amado —dijo.

Me quedé sin palabra y ella con una sonrisa me terminó de hincar la daga.

—El futuro rey Rodrigo está cerca de la ciudad y su prometida ha venido para estar con él cuando sea nombrado rey de Hispania.

Contuve la respiración. Un fuerte pinchazo en el pecho me hizo encorvarme, pero logré mantener la calma.

—No os lo he dicho, amado sobrino. Vuestro primo ya tiene reina, la más bella de Hispania. Yo no me caso con su madre, para no deslucir el enlace real. ¿Hay una noticia más alegre? —dijo mi tío, ignorante de mis sentimientos.

—Ciertamente, es la noticia más increíble que podríais darme —contesté.

—Siempre hemos de elegir lo mejor para nuestros hijos —dijo la arpía condesa.

Sin duda, el ser madre debe ser muy duro —contesté clavando mi mirada en los fríos ojos de la condesa.

—Vamos a cazar —dijo mi tío.

Salimos hacia los montes cercanos con los halcones, mi ánimo no podía ser peor, pero a tan corta edad ya había aprendido que la vida se compone de una serie de infortunios que en algunas ocasiones nos acercan a la felicidad.

El día era soleado y sin nubes. En la región, las palomas y ánades eran muy abundantes y los halcones podrían lucirse a placer.

El primer halcón voló directamente hacia el monte y después se posó en un alto risco. Unos segundos más tardes, divisó a una de sus víctimas y se lanzó a toda velocidad contra ella. Alcanzó gran velocidad y atrapó a la presa sin que esta tuviera opción de escapar.

Después de un par de horas, mi tío pidió a los siervos que nos prepararan un poco de comida. Nos refugiamos debajo de un pino y esperamos a que nos sirvieran. Yo apenas abría la boca, casi todo el rato era la condesa la que dirigía la conversación.

—¿Qué os sucede sobrino? Sois normalmente reservado, pero hoy estáis especialmente distante —preguntó mi tío.

—Me gusta observar la naturaleza, es impresionante como las aves de rapiña actúan sobre sus víctimas sin que estas se percaten de nada. ¿Verdad, señora condesa? —dije inclinándome hacia la mujer.

—No entiendo de aves, señor. Pero vos debéis conocer mucho de pichones, creo que vuestro padre los utilizaba para llevar mensajes.

El duque disfrutaba de nuestra discusión y bebía en abundancia, el vino de la región era excelente y con él, pretendía calmar la tensión de los últimos días.

Uno de los siervos se acercó con unas bayas y se las acercó a mi tío.

—Son muchos los frutos que nos da la tierra. Dentro de unos días, todo lo que crece, nace y vuela estas tierras será nuestro. ¿Qué pensaría vuestro padre? —preguntó mi tío.

—Estaría feliz, no hay nada más importante que la

familia –le contesté.

Será mejor que regresemos antes de que anochezca, no me fío de nuestros enemigos –dijo mi tío.

Tomamos los caballos y reprendimos el regreso. No había avanzado mucho, cuando mi tío comenzó a retorcerse sobre su caballo.

–Dios mío –dijo antes de caerse del caballo.

Descabalgué y corrí hasta él. Estaba pálido y con la boca torcida.

–Subidle sobre unas parihuelas –dije a los siervos.

Le transportaron tumbado hasta el campamento. El hombre no dejaba de quejarse y gemir.

–¿Habrán sido las bayas? –preguntó la condesa.

–Todos comimos de ellas –contesté.

Entraron a mi tío en la tienda principal y una vez en la cama mandaron llamar a un cirujano. Acudió al instante y tras examinarle determinó que era mejor sajar.

–Abridme si es necesario. No soporto el dolor –dijo.

–Pero tío, es mejor esperar.

–Todavía he de vivir Pelayo, tengo que ver a mi hijo en el trono –comentó para tranquilizarme.

–Será como vos pedís.

–Antes de nada, que traigan un sacerdote, que no está de más ponerse a bien con Dios –dijo mi tío.

El sacerdote se acercó hasta el enfermo y este le habló al oído, unos minutos más tarde el enfermo fue absuelto de todos sus pecados.

–Pelayo os encomiendo una difícil misión, en el caso que muera, nadie debe saber nada hasta que se celebre el Aula Regia y mi hijo sea nombrado rey.

–Y si preguntan –le dije.

–Diréis que estoy indispuesto. También he de pediros nuevamente que juréis servir fielmente a vuestro primo, aunque yo no esté.

Mi tío nos tomó de la mano a la condesa y a mí. El cirujano los sajó y un pus verdusco cayó al suelo de la tienda. El hombre se debió sentir aliviado, porque dejó de gemir.

—Esta infección lleva aquí semanas –dijo el cirujano.

Entonces una sangre oscura comenzó a brotar e inundarlo todo. Los cirujanos se esforzaban en controlarla, pero apenas podían hacer nada.

—Servid fielmente a mi hijo —me suplicó el enfermo. No lo hizo con su tono altanero ni su cabeza erguida, era una petición desesperada.

—Le serviré hasta la muerte –contesté.

Mi tío comenzó a llorar. Nunca le había visto mostrar sus emociones. Me besó la mano.

—Al besar vuestra mano, beso la de mi hijo. Los dos sois mi carne y mi sangre, aunque yo muera, nuestra familia está segura con vosotros.

El anciano espiró y yo mantuve su mano aferrada por un rato. Tuve la sensación de que mi padre había muerto otra vez, aquel hombre era parte de lo poco que quedaba de nuestro clan.

—Cerrad las cortinas y anunciad a todos que el duque está indispuesto, nadie puede entrar aquí. Los cirujanos permanecerán encerrados hasta que se nombre a Rodrigo como rey –ordené a los soldados.

La condesa de Brieva soltó la mano del muerto y se la limpió con un pañuelo.

—Vos tampoco saldréis de aquí hasta que termine el proceso –le dije.

—Nadie me detendrá, no voy a soportar este terrible olor a podrido ni un segundo más –dijo la condesa dirigiéndose a la salida.

La alcancé y la agarré por la muñeca. Ella se resistió pero yo le retorcí el brazo.

—Si no lo hacéis por las buenas, lo haréis por las malas —dije empujándola hacia la cama.

—Soy la madre de la futura reina.

—Para mí sois un problema hasta que Rodrigo salga proclamado rey, no me fío de vos.

—Un cobarde no se fía de nadie –contestó altiva.

Levanté la mano para abofetearla, pero me retuve.

–Habéis ofrecido a vuestra hija a Rodrigo, estando ya comprometida conmigo.

–¿No hemos dado debida sepultura a vuestro tío y vos solo pensáis en vuestros intereses? –dijo la mujer.

–¿Mis intereses? ¿Qué hay de la palabra dada? –contesté.

–Egilona no merece menos que un rey y si vos realmente la amáis, lo entenderéis –me dijo.

–Porque la amo y la respeto, pero vos sois una bruja y arderéis en el infierno.

Abandoné ofuscado la tienda, aquella mujer era capaz de enfurecer al más manso de los hombres. Mandé un mensajero a Rodrigo comunicándole la muerte de su padre y me fui a dormir. Al día siguiente se reunía el Aula Regia.

Aquel primero de marzo del 710, parecía demasiado sosegado para lo que se avecinaba. Sin mi tío, yo era el legítimo representante de nuestro clan. Tendría que ser su portavoz y defender la causa de Rodrigo. Tenía tremendo dolor de cabeza, me sentía apesadumbrado y vencido, pero intenté animarme y me dirigí a la sala vestido con mis mejores ropas.

No había asistido a la misa solemne en la catedral, no tenía humor para escuchar ningún sermón. Al llegar a la sala con mi fiel Hilderico, un sirviente me trajo un mensaje. Rodrigo me daba las gracias por la carta y me preguntaba si era mejor que estuviera a las puertas de la ciudad, para que nada más ser nombrado rey, fuera ungido por el arzobispo.

Los Witiza no paraban de agasajar a los electores y su principal portavoz, el duque de Siberto, con la ayuda del obispo Oppas, parecían los anfitriones de aquella reunión.

La reunión la comenzó el obispo Oppas. Para ello hizo una larga oración y luego apoyó la elección de los hijos de Witiza alegando que, en las Sagradas Escrituras, los hijos de David heredaron el reino.

Tras su discurso, los partidarios de su clan comenzaron

a aplaudir, pero los que estábamos disconformes golpeamos las bancadas con nuestros guanteletes de hierro.

Yo no abrí la boca, simplemente observaba cómo los partidarios de uno y otro bando se peleaba. Cuando quedó claro que debía elegirse al candidato, tal y como señalaba nuestra ley, me puse en pie.

—Varones hermanos, hijos de los nobles godos, sois testigos de que entre nosotros se quiere poner división. Nuestros antepasados crearon leyes, para que las diferencias fueran puestas bajo su luz. ¿Quiénes somos nosotros para contradecir lo que nuestros mayores creyeron mejor para este reino? Los Witiza han reinado por herencia y el mal ha recorrido todas nuestras tierras. No ha de ser el hijo de un gran hombre el que nos gobierne, si no un gran hombre. Un niño, por mucha sangre real que tenga, es un niño. Rodrigo en cambio es un guerrero, un hombre robusto, prudente y ecuánime. Si hoy elegimos a Rodrigo, nuestro reino dudará mil años —dije a un auditorio expectante.

Me senté y toda la sala se puso en pie gritando:
"¡Rodrigo rey, Rodrigo rey!"

Las voces debieron llegar a la calle, porque desde allí escuchamos las voces del pueblo proclamando al nuevo monarca.

Mandaron llamar a Rodrigo y este se presentó con una brillante armadura dorada. Se acercó al trono y se sentó en él. Uno a uno todos los caballeros pasaron a besarle la mano en señal de respeto. Cuando llegó mi turno, me incliné ante él, pero me detuvo y poniéndose en pie me abrazo.

—Este es desde hoy mi conde espatario —dijo Rodrigo.

Todos aclamaron mi nombre a gran voz.

Lo partidarios de Witiza abandonaron la sala rápidamente, sin besar la mano del nuevo monarca.

—Debo de anunciaros una triste noticia que no debe empañar esta gran celebración, el padre del rey ha muerto– anuncié a la asamblea.

Un murmullo recorrió la sala y el rey se sentó abatido en el trono. Varios caballeros le consolaron con palabras de ánimo y el rey se decidió a salir a la plaza para ver a la multitud que esperaba fuera.

Cuando vieron al rey, todos comenzaron a gritar de júbilo. Yo me mantuve a su lado, con la mente en otra cosa y la sensación de que aquella victoria era la más amarga que sentiría nunca. Con la coronación de Rodrigo perdía definitivamente el amor de Egilona.

12. DEL AMOR Y DE LAS BATALLAS

El rey Rodrigo preparó un entierro solemne a su padre. Teodofredo no había visto a su hijo ceñir la corona real, como mi padre tampoco me había visto a mí convertirme en el segundo hombre del reino. Esa es una de las cosas más tristes de la vida, nuestros padres nunca llegan a vernos coronando nuestros éxitos. Así será también contigo, hijo mío.

Los Witiza abandonaron la ciudad hacia Levante, para preparar su rebelión. Circunstancia que aprovechó la condesa de Brieva para intentar alejarme de la corte. Temía que yo le contara a mi primo sus pérfidos planes que como conde espatario pudiera retrasar la ceremonia.

El rey me mandó llamar el día siguiente de la coronación y me explicó su plan.

Amado primo, mi padre siempre me aseguró, que sin en alguien podía confiar era en vos.

—Vuestro padre me amaba demasiado —contesté.

—Sé que estáis cansado, pero debo pediros un último esfuerzo —dijo el rey.

—Haré todo lo que me pidáis —contesté.

—Los witizanos han huido y sabemos que planean organizar un ejército para destruirnos, debemos terminar con ellos antes de que se organicen. Perseguiréis a los enemigos del rey los exterminaréis —dijo Rodrigo.

—Los soldados están cansados, apenas han estado tres días en la ciudad, además se les debe la paga —dije.

–De las arcas del rey se costeará esta campaña –dijo el rey.

–Partiré mañana mismo –comenté aliviado, por una parte prefería estar lejos de la corte y no ver con mis propios ojos el cortejo del rey a mi amada.

Me retiré e intenté organizar a los ejércitos. En los dos últimos años había aprendido a mandar ejércitos y era un oficio que me llenaba de satisfacción. Los hombres respondían con entrega y sacrificio en cuanto veían que tú buscabas su bien. La lealtad es la mejor arma de guerra.

Nos encaminamos hacia la costa con la mayor parte del ejército, pero mantuvimos a algunos hombres protegiendo la ciudad, por si nuestros enemigos intentaban atacar Toledo.

Marchamos a buen ritmo y en todas partes éramos recibidos muy bien, como si representáramos al rey mismo. Los pueblos se entregan con pasión a sus reyes, pero con la misma fuerza los desprecian en cuanto hacen algo con lo que no están de acuerdo.

A medida que nos acercábamos a nuestros enemigos, muchos de los suyos los abandonaban y se unían a nuestra causa. El duque Sisberto y el obispo Oppas no lograban aumentar su bando y cada vez eran menos los que reconocían a Agila II como rey.

Al final, nuestros enemigos se hicieron fuertes en Cardona, tal vez temían perder todo su ejército antes de enfrentarse a nosotros. La ciudad estaba rodeada de montañas y muy bien guarecida. Les superábamos en número, peo podían resistir meses tras las murallas antes de rendirse.

Hilderico notaba que yo estaba medio ausente y no lograba concentrarme en la misión. Una de las tardes, se acercó a mí después del informe del día y me invitó a dar un paseo por el campamento.

–Señor, os veo triste y alejado de la realidad. Vuestros pensamientos no están con nosotros –comentó.

—Vive Dios, que me gustaría olvidar, pero no puedo –le contesté.

—Todos estos hombres dependen de vos, el reino de vuestro primo también. No podéis defraudarlos –dijo Hilderico.

—¿Cómo se curan los males de amores? –pregunté.

—Dicen que un clavo con otro entra. Hay miles de mujeres, algunas tan bellas como vuestra señora. Buscad una y disfrutad con ella vuestra juventud.

—¿Cómo decís eso vos? El amor no se busca, se encuentra –comenté enfadado.

—No hablo de amor señor, hay consuelos para el hombre más primarios, pero que acallan las voces del corazón.

Las palabras de mi amigo me cayeron mal. No podía engañar la memoria de mi amada con una fulana.

Tras unas semanas de asedio llegó hasta nuestro campamento un grupo de titiriteros, como la tropa estaba aburrida por la espera, los contratamos para que aquella noche hicieran una representación.

A la luz de las velas representaron una historia de amor. En ella se hablaba de una modesta doncella que conocía a un rey, como este se enamoraba de ella y la tomaba en desposorio.

A medida que se desarrollaba la representación, el corazón se me ponía en un puño. Al final, el narrador se cercó al público y concluyó:

—Esta es la historia de nuestro amado rey Rodrigo y la bella doncella Egilona, hija de la condesa de Brieva.

Enfurecido desenvainé la espada e hice jirones en escenario. Hilderico me detuvo ante el asombro de todos mis hombres.

—Mi señor, parad.

Me retiré a mi tienda y lloré como un niño. El rey se había casado con mi amada, mientras yo luchaba por él en el campo de batalla. No podía concebir mayor traición que esa.

A la mañana siguiente me levanté con un tremendo dolor de cabeza y profundamente desanimado. La guerra se mantenía estancada y pronto llegaría de nuevo el invierno. Si no sometíamos la plaza tendríamos que retirarnos antes de que llegaran las primeras nieves.

Hilderico me buscó en la tienda y me obligó a vestirme y salir a revisar la tropa.

—Debo saber si es cierto —le dije.

—Mandad a un hombre para que os traiga noticias, de paso informad al rey de la situación del asedio —me aconsejó.

—¿Un mensajero? No, lo que necesito es un espía.

—Creo que tengo al hombre.

Hilderico hizo llamar a un joven soldado llamado Liuva y le dio instrucciones para que comprobara la historia del casamiento del rey. Debía ser discreto y regresar cuanto antes.

La mañana continuó monótona hasta que pasando delante de los titiriteros observé a una bella mujer de pelo negro rizado, tenía la piel morena y los ojos marrones, el cuerpo menudo pero con un prominente pecho. Me la quedé observando y ella me devolvió mirada entre picarona y tímida.

—¿Quién es? —pregunté.

—Una de las hijas del titiritero —contestó sonriente Hilderico, al ver que por primera vez me fijaba en otra que no fuera mi amada.

Durante todo el día me la crucé, siempre con miradas furtivas. Por la noche, me decidí a que la llamaran y la llevaran a mi tienda.

Cuando ya era oscuro la joven entró en mi tienda vestida con unas ropas orientales, llevaba el pelo suelto, en contra de lo que hubiera hecho una dama, su vestido descubría en parte sus piernas morenas.

—¿Me habéis mandado llamar?

—¿Os molesta? —le pregunté.

—No, pero no entiendo qué busca un señor como vos

en una modesta campesina.
—¿Sois campesina?
—No —me contestó con descaro.
Su piel brillaba bajo la luz de las velas. Le hice un gesto, para que se sentara a la mesa. Al ver los manjares se lanzó a ellos con avidez. Comió sin descanso, mientras yo la observaba en silencio
—¿Teníais hambre? —le pregunté.
—Los pobres siempre tenemos hambre —dijo limpiándose los labios con la mano.
—Dios nos puso a cada uno en una condición— comenté.
—¿Dios o el Diablo?
—¿Qué más da? Los hombres sufrimos, unos a lo mejor de hambre, pero otros con otros problemas, o creéis que yo no los tengo.
—Tenéis una ciudad por conquistar. Supongo que no será fácil para vos —dijo la mujer.
—La ciudad es la menor de mis preocupaciones.
La mujer se acercó hasta la silla y se sentó sobre mi regazo. Olía a carne y perfume.
—Yo puedo consolaros, ¿para eso me habéis llamado?
Sus palabras me repugnaron y estuve a punto de lanzarla al suelo, pero tenía razón. Me sentía tan solo. La mujer comenzó a besarme el cuello, después me llevó hasta la cama y me ayudó a quitarme la pesada armadura. Pasamos toda la noche juntos, hacía tanto tiempo que no sentía la cercanía de otro ser humano, que disfruté más durmiendo a su lado, que de los placeres de la carne.
Una semana más tarde llegó el mensajero. Se mostró receloso antes de dar las nuevas de Toledo, muchas veces los mensajeros pagan las culpas de las malas nuevas que traen.
—Señor, el rey se ha casado con una dama de Cosgaya, de nombre Egilona, cuya madre es condesa, una de las mujeres más bellas de la corte.
Una furia tal se apoderó de mí, que tomé al hombre

por la pechera y grité:

—¡Cortad la lengua a este deslenguado!

El joven se puso de rodillas suplicante, pero yo no sentía nada, como si me hubieran arrancado el corazón en vida.

—Antes de cortarme la lengua y dejadme mudo para toda mi vida, dejadme que os cuente el final de la historia —me suplicó.

Accedí con poco interés.

—La joven no se casó con agrado, dicen que el día de su boda lloró desconsoladamente, para disgusto del rey y de su madre.

De esa manera, Liuva, el mensajero se libró de perder la lengua. Con el tiempo se convirtió en uno de mis más fieles caballeros.

—¿Qué pago queréis por vuestra misión? —pregunté.

—El único pago que deseos es unirme a vuestro guardia personal.

Hilderico afirmó con la cabeza.

—Yo lo prepararé, señor.

A partir de aquel día, centré mis pensamientos en el asedio. Por lo menos, la resistencia de Egilona me animó a seguir amándola, a pesar de tener a otra en mi lecho. Así de contradictor es el ser humano, capaz de amar con una mano y pecar con la otra.

Las fuerzas de los witizanos no parecían ceder al asedio y era hora de sacarlos del castillo por la fuerza. El rey les había ordenado que no salieran de allí con vida los witizanos, pero no había mostrado interés en un desenlace rápido.

Aquellos días frente a las murallas de Cardona fueron los más difíciles de mi vida. Muchas veces me acordaba de mi amada, vivía en pecado con mi concubina y bebía mucho. Unos días me levantaba melancólico, hasta el punto de que mis hombres se preocupaban, al siguiente colérico, capaz de acabar con la vida del que me llevara la contraria. Hasta la traición se me pasó por la cabeza, si los witizanos y yo uníamos nuestras fuerzas, podríamos caer sobre Toledo y devolver el poder a joven Agila II. Lo único que me impidió hacer esa loca aventura, fue el juramento dado a mi tío.

En una de las conversaciones con Hilderico, este me contestó muy serio.

–Habláis locuras, por eso que decís os podría sacar los ojos, ya que es lo que merece el que traiciona a un rey legítimo. La pasión por esa Egilona os hace perder el sentido, lo mejor que os ha podido pasar es que se casara.

En aquella ocasión, a punto estuve de sacar la espada y atravesarle allí mismo, pero de nuevo la cordura volvía a mí y le daba las gracias por sus consejos.

–Entonces entregaré mi espada al rey, así no le puedo servir –comenté.

–Abandonarlo es lo mismo que traicionarlo, ahora que está rodeado de enemigos, no podéis dejarle solo. Hicisteis un juramento.

–Tal vez debería convertirme en obispo, esa fue la primera voluntad de mi padre.

–Es bueno servir a Dios, pero no por las razones del desamor –contestó Hilderico.

En los días siguientes hablé en muchas ocasiones con nuestro capellán sobre la conveniencia de servir a Dios. Hasta dejé las armas y caminaba por el campamento con una túnica larga y blanca, pero por las noches retozaba con mi amante.

Afortunadamente, los sitiados comenzaron a impacientarse. Se les terminaban las provisiones y estaban informados de mi comportamiento, por lo que se sintieron seguros de una victoria fácil e intentaron tomarnos por sorpresa.

Salieron sin previo aviso, antes de que el son despuntara y tras matar a algunos hombres, robaron varios caballos. Ya habían matado a los suyos para comer, al menos de esta manera pensaban resistir un poco más.

Un día más tarde volvieron a atacar, su pequeño éxito

les había vuelto confiados y esa es una de las peores cosas que puedes hacer frente al enemigo, pero yo, a pesar de mi malestar, me había preparado por el ataque.

Al principio me costó reaccionar, pero al ver caer a mis primeros hombres, volví en mí y furioso me dije: Mal puede servir a Dios, el que descuida así los negocios de los hombres.

Corrí hasta mi caballo con la espada en la mano y ordené a mis oficiales que degollaran a cualquier hombre que osara desertar.

—¡Por el rey! —grité a mis huestes y estas, al verme tan decidido, me siguieron sin pensarlo.

Nuestros enemigos huyeron hacia la Narbona, el mismo sitio del que mi tío y primo habían venido para arrebatarles el reino.

Aquellos hombres desesperados lograron zafarse de nosotros y llegar a su objetivo. Aunque al principio les perseguimos, después ordené a la mayor parte de mis hombres que regresaran para traer con ellos el campamento, los animales y a las mujeres. Fue un error, ya que en la Narbona se habían concentrado todos los partidarios de Agila II.

Aquel enemigo escurridizo comenzó a enfadarme. Evitaban siempre el enfrentamiento y sabían escaparse en la peor hora.

El primer año pasó como un suspiro, desde entonces no había regresado a la corte y cada vez que lo intentaba, el rey me ponía excusas. Detrás de aquellos manejos estaba sin duda la mano de la condesa de Brieva, ahora madre de la esposa del rey.

Al parecer, según me informaban mis espías, la condesa buscaba que su hija se quedara embarazada y hacía traer a todo tipo de hechiceras para aquel menester, pero Egilona no se quedaba preñada.

Los malos andares de la condesa le llevaron por malos senderos y en su empeño de que el rey tuviera descendencia, le hizo beber secretamente un bebedizo, que casi le lleva a la tumba. Ahora Egilona estaba sola con el rey, ya que su madre había preferido alejarse de la corte por un tiempo.

Yo veía en todas estas cosas un castigo de Dios ante tanta maldad.

Una de las cosas que me atormentaba era el vivir en pecado con mi concubina y temiendo morir fuera de la gracia de Dios, pedí al rey que me concediera viajar a Tierra Santa.

El rey accedió y yo tomé a tres de mis hombres más fieles: Hilderico, Osorio y Liuva.

Tomamos un barco en Cartagena. Tierra Santa era nuestro próximo objetivo.

13. TIERRA SANTA

Los barcos son el peor transporte del mundo. Siempre están sucios, son peligrosos e incómodos, pero es la manera más rápida para llegar a cualquier destino.

En tres días atracamos en el puerto de Ostia y al estar tan cerca de Roma y el papa, nos decidimos a visitar la llamada "Ciudad Eterna". No lo que sabíamos era que la ciudad, gobernada por el papa, estaba rodeada por los lombardos. Uno de los pueblos que habían invadido Italia unos siglos antes. Los bizantinos habían ayudado al papa, pero como los mahometanos se extendían con fuerza por África, Asia y Europa, ahora el papa tenía que valerse por sí mismo.

Viajamos hasta la ciudad en un carro, el camino estaba empedrado, yo había visto alguno en Hispania, pero no también conservado.

—¿Os imagináis caminos así en nuestro reino? —pregunté a mis amigos.

—Nosotros los hispanos estamos siempre guerreando, cómo íbamos a construir algo así —dijo Hilderico.

—El nuevo rey puede que traiga paz a Hispania.

—¿El nuevo rey? Perdonadme si lo dudo —dijo Osorio.

Seguimos contentos el camino, observando el paisaje de pinos salpicado por edificios grandiosos, muchos de ellos abandonados a su suerte. Cuando llegamos a la ciudad, nos quedamos sin palabras.

A pesar de que muchos de los edificios de los romanos

se hallaban desbaratados, los papas habían levantado suntuosas iglesias y palacios. Ni Toledo con toda su grandeza podía compararse a aquella ciudad.

Caminamos hasta la basílica de San Pedro. Cerca de allí vivía el papa Constantino I, al parecer había intentado unir de nuevo a la Iglesia, pero no había tenido mucho éxito.

El emperador de los bizantinos había sido asesinado y un traidor ocupaba el trono de Constantinopla, Filípico Bardano, que pretendía ser coronado por el papa, a lo que este se negaba. Por eso la ciudad permanecía ante la inquietud de ser invadida por los lombardos o por los propios bizantinos.

El papa esta oficiando una misa cuando entramos en la gran iglesia. Sin duda una de las más grandes de la Cristiandad.

Al parecer, el propio Constantino había promovido la construcción de la basílica en el siglo IV y desde entonces no había parado de crecer.

Tras la misa, nos acercamos al papa con saludos del rey Rodrigo y este nos invitó a comer en su palacio.

El palacio estaba repleto de estatuas, relieves y todo cubierto de mármol. Su riqueza era incalculable.

Nos llevaron hasta uno de los salones y minutos más tarde apareció el papa vestido con una sencilla túnica.

—Estimados hermanos —dijo el papa ofreciendo la mano para que la besáramos.

Nosotros estábamos impresionados, no esperábamos ser tratados así por el Santo Padre.

—El rey Rodrigo os envía saludos, no os hemos traído ningún presente, porque no estábamos seguros de venir a la ciudad, nuestro destino es Tierra Santa —le dije.

—Tierra Santa, qué maravilla. Cada día hay menos peregrinos, desde que los islamitas la invadieron, muchos no se atreven a ir, a pesar de que hasta ahora han sido muy respetuosos con los cristianos —dijo el papa.

—Buscamos el perdón de nuestros pecados y seguir los pasos de Cristo —le contesté.

—Buena intención tenéis —dijo.

—En Hispania hay nuevo rey, mi primo Rodrigo lleva tan solo unos meses en el trono, pero desea lo mejor para la Iglesia.

—Eso me han informado, los ojos y oídos del papa están en todas partes —bromeó.

—Roma es una ciudad más bella —dijo Hilderico.

—Y eso que no es ni sombra de lo que un día fue —dijo el papa.

—¿Quién la gobierna? —pregunté.

—La Iglesia, desde que los bizantinos se fueron, debemos cuidarla con nuestros medios —dijo el papa.

—Si podemos hace algo por su Santidad —le dije.

—No nos sobran manos que blandan la espada, pero no quiero reteneros en vuestro viaje. Es largo y difícil. Dios cuidará de su casa. Yo soy sirio, desde hace mucho tiempo somos esclavos de los musulmanes, pero nuestras iglesias siguen en pie. No importa que los imperios caigan o se vuelvan a levantar. Dios es el que sostiene a su pueblo —dijo el papa.

Nos trajeron muchos manjares, la mayoría de ellos desconocidos para nosotros. El papa apenas probó bocado. Se le veía un hombre santo que abominaba de todo aquel lujo que le rodeaba.

Tras la comida nos despidió amablemente y nos encomendó a Dios el resto del viaje.

Aquella noche descansamos en un monasterio, que el papa nos había abierto para que pernoctáramos. Al día siguiente partimos de la ciudad y marchamos hasta el mar. Tomando otro barco que bordeó la Península y llegó hasta Constantinopla en diez días de travesía.

La ciudad del emperador era mucho más grande y suntuosa que Roma, pero menos bella. Todo era majestuoso, pero les faltaba la brillantez de los antiguos.

Nos alojamos en una posada y partimos al día siguiente hasta Palestina.

Nunca había imaginado la Tierra Santa tan árida y

calurosa. Las armaduras nos estorbaban y apenas podíamos respirar en aquel ambiente asfixiante.

Unos comerciantes nos recomendaron que vistiéramos ropas más ligeras y que tomáramos una caravana que se dirigía a Jerusalén. Seguimos su consejo y vestimos con sus mismas ropas.

Los árabes eran gente sencilla, pero fiera. No llevaban grandes armas, pero eran unos maestros con los puñales. Vestían con grandes túnicas y turbantes en las cabezas, no llevaban el pelo suelto como nosotros y su piel era morena. Nosotros sufríamos los rigores del calor y nuestra piel se quemaba bajo aquel sol abrasador.

Cuando llegamos a Jerusalén sentimos algo difícil de describir.

La ciudad era de un color rojizo que parecía toda bañada con la sangre de nuestro señor Jesucristo. Estaba muy poblado, gente de todo el mundo venían a ver los lugares santos y el comercio bullía mucho más que en Roma.

Al llegar, tuvimos la fortuna de encontrar a un monje de Córdoba. Un anciano agradable que nos llevó hasta su convento en aquel laberinto de callejuelas y plazas.

—Hacia mucho tiempo que no veía un godo por estas tierras —dijo el monje.

—Los godos no somos muy dados a viajes —le contesté.

—¿Qué nuevas traéis del reino? —me preguntó.

Le referí la elección de Rodrigo y la guerra que este tenía con los partidarios de Agila II. Aquello le llenó de tristeza.

—Nuestro reino siempre dividido contra sí mismo —dijo el anciano.

—Algún día Dios nos dará paz —dije.

—O nos castigará por nuestros muchos pecados —me contestó.

—Dios es misericordioso —le dije.

Mirad, Tierra Santa, sin ningún rey cristiano. Gobernado por los de la secta de Mahoma. El mundo está a punto de ser devorado por la bestia de Apocalipsis, únicamente Dios puede salvarnos –dijo el monje.

Comimos con los monjes en silencio y después nos dieron unas celdas para descansar. Al día siguiente visitaríamos los Santos Lugares y en tres semanas estaríamos de regreso en casa. Ahora que estaba lejos de allí, mi corazón añoraba las tierras de mis padres.

El monje nos acompañó al Santo Sepulcro. Era una iglesia de piedra que parecía más una fortaleza que un templo. En la entrada había algunos soldados árabes, que controlaban la entrada de peregrinos. En numerosas ocasiones se habían producido peleas entre las diferentes sectas cristianas, cada una de ellas quería controlar el templo, pero los musulmanes habían optado por dar las llaves a un grupo de cuidadores no cristianos.

La presencia de musulmanes en la ciudad era discreta. Algunos peregrinos, ya que Jerusalén era un lugar sagrado para ellos, soldados de Damasco y comerciantes. La mayor parte de los habitantes seguían siendo cristianos y judíos.

El Santo Sepulcro parecía una cueva oscura. Estaba ricamente adornada y medio centenera de velas iluminaban cada rincón. En el templo se hacían ofrendas continuas de cuatro de los rituales cristianos, personas de toda Europa dejaban sus ofrendas allí y los peregrinos recibían la absolución por sus pecados.

–Si queréis podéis pedir el perdón –me dijo el monje.

Observé las filas para la confesión, el dinero acumulado en las cestas y las ricas figuras, candelabros y utensilios de oro.

–Me cuesta reconocer en este sitio la humilde tumba de un carpintero –le contesté.

Si en algo admiraba a Jesús, era en su sencilla forma de morir y de vivir.

–La Iglesia utiliza el perdón para fomentar la visita a estos santos lugares –dijo el monje.

–Lo respeto, pero la única razón de nuestro viaje es visitar los lugares en los que estuvo Nuestro Señor –le contesté.

El monje me miró comprensivo. En sus ojos desgastados por la edad, descubrí la humilde complacencia del que ha visto demasiadas cosas, como para juzgar a los hombres precipitadamente.

Vayamos a la "Vía Dolorosa" –nos indicó.

Salimos del asfixiante templo y nos dirigimos a la calle por la que Jesús había ido llevando su cruz. A los lados podían verse numerosos puestos en los que se vendían todo tipo de cosas. Coronas de espinas, clavos de la cruz, huesos de santos o todo tipo de utensilios sagrados.

–¿Todo esto está permitido por la iglesia? –pregunté al monje.

Él hizo un gesto afirmativo con la cabeza.

Hilderico se aproximó a un puesto y preguntó por el precio de una baratija. Después regresó hasta nosotros.

—Mercaderes ladrones –dijo enfadado.

—Creo que no estamos disfrutando mucho del día, será mejor que regresemos al monasterio, mañana nos espera un duro viaje –dije a mis amigos.

Después de varias horas caminando por la ciudad, nuestros cuerpos agradecieron el descanso. Al día siguiente regresábamos a casa, aunque sabía que allí me esperaba el sufrimiento de ver a mi amada casada con el rey. Intentaría pedir a mi primo su permiso para regresar a mis tierras y olvidar los asuntos políticos. Buscaría una buena mujer con la que tener hijos y dar un heredero al título que con tanto esfuerzo había recuperado y buscaría un buen marido para mis hermanas.

Partimos muy temprano, antes de que el sol saliera. Viajamos por uno de los caminos principales hasta Sidón. No nos gustaba la idea de viajar de nuevo en barco, pero no había otro remedio.

A medio camino nos sucedió un hecho inesperado. Observamos a uno de los lados del camino un grupo de camellos y unos hombres peleándose en la arena. Nuestro guía nos indicó que no hiciéramos mucho caso y siguiéramos nuestro camino.

–Parece que están asaltando a alguien –indiqué.

–El sultán permite que algunos peregrinos sean asaltados, es difícil mantener un ejército permanente en esta tierra –nos dijo el guía.

Desenvainé la espada y me dirigí hacia el grupo, mis hombres me siguieron.

–¡En nombre de Cristo, parad! –grité.

Los árabes se dieron la vuelta y levantaron sus espadas antes de responder a nuestra provocación.

En ese momento pudimos ver los cuerpos de dos de sus víctimas y a un joven herido.

Los soldados del sultán se lanzaron sobre nuestros caballos, pero logramos mantenerlos a raya. Eran seis contra cuatro, pero no parecían muy buenos guerreros. Tras herir a dos el resto huyó sin presentar batalla.

Me descabalgué y me acerqué a los cuerpos. Los mayores estaban muertos, pero el más joven aún respiraba. Le subimos a una de las mulas y nos lo llevamos hasta la ciudad.

En Sidón nos acomodamos en algo parecido a una posada. Aquel mismo día salía un barco para Roma, pero decidimos quedarnos unos días hasta que se recuperara el joven herido.

Mandamos buscar a un médico y tras esperar media hora, el hombre salió para hablarnos del estado del herido.

–Se encuentra fuera de peligro, a pesar de las heridas y de su debilidad, estará bien en unos días. Es una mujer joven y fuerte –dijo el médico.

–¿Una mujer? –preguntamos sorprendidos.

–Naturalmente, ¿Qué creían que era?

–Un joven –contesté.

–Le puedo asegurara a vos, que es una dama. Dejen que descanse y procuren que coma algo –dijo el médico antes de irse.

Nos quedamos sorprendidos. La dama iba vestida de hombre y en ningún momento pensamos que se trataba de una mujer. La Iglesia castigaba severamente a cualquier mujer que se hiciera pasar por hombre.

Permanecimos en la ciudad dos días, impacientes por regresar a casa, pero temerosos de que la mujer muriera. Contratamos a una criada para que la cuidara y no entramos en la habitación en ningún momento.

Al tercer día, me decidí a entrar. La joven descansaba con el pelo suelto, su piel era muy blanca y tenía unos grandes ojos verdes.

–Discúlpeme, pero quería saber cómo se encontraba –le dije.

Ella no entendió mis palabras e intenté expresarme en latín. Ella parecía entender algo esa lengua y me contestó torpemente.

–Habéis sido muy gentil al salvarme, pero me debería haber dejado morir. Mi padre y mi tío, mi única familia está muerta. ¿Qué puede hacer una mujer sola en este mundo? —me contestó comenzando a llorar.

–Si Dios os puso en nuestro camino, algún propósito tendría –le contesté.

–¿De qué Dios habláis? Yo soy judía.

La miré con cierta desconfianza. Habíamos perdido varios días de viaje por una vulgar judía. Pensé en dejarla a su suerte, pero desestimé la idea. A partir de aquel día, cada mañana pasaba a ver su estado, más impaciente por partir que por saber cómo se encontraba su salud.

La joven me fue relatando su difícil y triste vida, algo cambió en mi interior, al fin y al cabo, era una criatura de Dios.

–Mi familia ha vivido mucho tiempo en Alejandría. Allí hay una gran comunidad judía, pero tras la persecución que se desató contra nosotros en la ciudad, decidimos irnos a vivir a Damasco. Allí mi familia tenía un prospero negocio de alfombras, las traíamos de Persia y la vendíamos a los musulmanes de la ciudad. Nuestro negocio floreció rápidamente, logramos recuperar nuestro dinero perdido en Alejandría, pero el último sultán subió los impuestos a

la Gente del Libro —dijo la joven.
—¿La Gente del Libro? —pregunté extrañado.
—La Gente del libro somos los judíos y los cristianos, los que seguimos las Sagradas Escrituras. Los musulmanes respetan nuestra religión, el islam nació de las creencias de judíos y cristianos —dijo la joven.
—Desconozco todo sobre ellos, a los únicos musulmanes que hemos visto en nuestro reino ha sido a los piratas —le comenté.
—En apenas unos años, los musulmanes han conquistado medio mundo. Sin duda Dios les favorece —dijo la mujer.
—O quiere castigarnos a nosotros por nuestros muchos pecados —le dije.
—Ahora todo eso no importa, estoy sola en el mundo y hubiera preferido que me hubierais dejado morir a manos de aquellos bandidos —dijo la joven no pudiendo evitar las lágrimas que recorrían su bello rostro.
—No podemos hacer mucho más por vos, pero os dejaremos algunas monedas para que intentéis rehacer vuestra vida —le comenté intentando no mirarla a la cara.
—Gracias, pero si no os importa, prefiero irme y dejarme morir. Dios se apiadará de mi alma —dijo la joven acurrucándose entre las sábanas.
Salí del cuarto con el alma en un puño. No podía dejar a esa joven a su suerte. Mis amigos me esperaban expectantes. Hilderico se acercó a mí me dijo:
—¿Es cierto que es una mujer?
—Sí, una joven judía.
—¿Judía? Dios nos proteja. Una hija del pueblo maldito —dijo Liuva.
—La llevaremos con nosotros y buscaremos a alguien de su comunidad que se decida a ayudarla —dije resuelto. No me importaba la raza de la mujer, era una mujer indefensa en una tierra peligrosa.
La mujer se negó al principio a acompañarnos, pero al final accedió, al sentirse en deuda conmigo. Sabía que su

presencia podía causarnos muchos problemas por su doble condición de mujer y judía. De todas maneras confiaba en mis compañeros y, hasta llegar a Hispania, no revelaríamos a nadie el origen de la joven.

Dos días más tarde salimos en dirección a Roma. El barco pasaba por Chipre y Creta, pero la vía hacia Hispania era mucho más directa. En doce días estaríamos en Cartagena.

El barco era mucho más grande que en el que habíamos hecho el viaje de ida. La mayor parte de la tripulación era griega y apenas lográbamos entendernos con ellos. Los días se hicieron largos, pero al menos el tiempo estuvo calmado hasta llegar a Italia.

Las cosas se pusieron mucho peor al dirigirnos a Cartagena. Una terrible tormenta se desató a dos días de barco de la ciudad. Las olas cruzaban de lado a lado el casco o rompían sobre la madera, haciendo que esta crujiera como una nuez a punto de romperse.

Nos refugiamos en la bodega, pero el agua se filtraba y toda la carga chocaba con las paredes.

—Que Dios nos asista —dijo Hilderico.

Su cara pálida reflejaba la angustia que todos estábamos pasando. La joven parecía indiferente a la suerte que correríamos si el barco naufragaba.

—Voy a ver al piloto —dije a mis hombres.

Ascendí a la cubierta y agarrado a las cuerdas llegué hasta el timón. El piloto parecía exhausto. Su cara reflejaba una mezcla de preocupación y determinación.

—¿Llegaremos a Cartagena? —pregunté con la esperanza de recibir una respuesta afirmativa.

El piloto me hizo un gesto de con los hombros.

—Dios es nuestra única esperanza —dijo al fin.

—Pues que sea Él el que nos guie.

Cuando regresé a la bodega, mis hombres me miraron con angustia.

—¿Lograremos llegar a tierra? —preguntó Hilderico.

—Dios lo sabe.

Al día siguiente la tormenta aumentó en intensidad. Habíamos perdido las velas y buena parte de la tripulación. Apenas nos quedaban fuerzas, llevábamos días sin comer ni dormir.

Entonces sucedió lo que temíamos, se abrió una vía de agua y el barco comenzó a inundarse. Salimos a la superficie y observamos a lo lejos unas sombras.

–¿Es tierra? –preguntó Osorio.

–Puede que tan solo sea una sombra, pero intentaremos llegar hasta allí –dije mientras me deshacía de la armadura, la espada y todo lo que pudiera pesar.

Nos arrojamos al mar y nadamos contra las olas. A veces nos alejaban y otras nos impulsaban hacia la costa. Procuramos no separarnos. La joven nadaba a mi lado y a ratos se paraba para descansar.

Tras una hora nadando, noté cómo la joven comenzaba a hundirse. La aferré con un brazo y nadé con todas mis fuerzas hacia la costa.

Cuando llegamos a la orilla, una muralla de riscos afilados nos impedía acercarnos a tierra. Nadamos unos minutos hasta encontrar una pequeña playa. Nos derrumbamos sobre la arena. Estábamos exhaustos, pero vivos.

14. EL ENGAÑO

Nos costó mucho encontrar auxilio. No estábamos frente a la ciudad de Cartagena, como creíamos, si no mucho más al sur, en una zona desierta. Al final conseguimos comprar un carro y unos caballos con el dinero que había logrado salvar Hilderico. Nos dirigimos a Toledo, lo que nos llevó casi quince días.

La ciudad permanecía tranquila, algo vacía tras la marcha del rey a un castillo en las sierras cercanas, para recuperarse de sus dolencias. Al llegar a la ciudad nos alojamos en el castillo. Egilona no estaba con el rey. Tras el comportamiento de su madre, el rey había dejado a la reina en Toledo, enfadado con ambas por su intento de darle aquel brebaje maldito.

Cuando la reina nos recibió, después de recuperar nuestras ropas y vestirnos con nuestras armas, volví a caer prendado en su belleza.

Egilona vestía un finísimo traje de seda. Hacía mucho calor en la ciudad y toda la ropa sobraba. Ceñía la corona con gracia a pesar del semblante triste, por los últimos sucesos ocurridos en la corte.

–Don Pelayo –dijo la reina.

–Majestad –dije yo haciendo una reverencia.

–Os hemos echado de menos. El rey, vuestro primo, preguntaba por vos a cada instante. Los caminos a Tierra Santa son peligrosos –dijo Egilona.

—Dios nos guardó. En Roma pudimos ver al mismo papa y en Jerusalén visitar los Santos Lugares —le contesté.

—¿Quién es esa mujer que viene con vosotros? —preguntó Egilona frunciendo el ceño.

Nuestra joven protegida parecía una princesa con sus ropas nuevas. Hasta ese momento no me había fijado en su esbelta figura y su sencilla belleza.

—Doña Constancia —dije, evitando hablar de su procedencia.

La joven me miró sorprendida.

—Acercaos —dijo Egilona.

La joven se acercó temblando e hizo una reverencia.

—Sois muy hermosa, pero debéis saber, que don Pelayo no es un hombre fácil. Su posición le conviene en el segundo del reino, por ello debe pedir autorización al rey para desposarse. No daremos tal permiso, a no ser que don Pelayo se case con una dama principal de este reino —dijo la reina.

—¡Egilona! —dije saltándome el protocolo.

—Es cierto lo que digo —comentó la reina.

—Esta joven es mi protegida, la salvamos de manos de unos bandidos en Tierra Santa, por ahora no me ha llamado Dios a casarme, las dos veces que lo he intentado, he recibido mucho estorbo —dije a la reina.

Egilona se ruborizó, se puso en pie y me tomó por el brazo.

—Para mí sois como un hermano. Por ello debo protegeros. Será mejor que cenemos algo.

Hilderico y doña Constancia nos siguieron hasta el salón. La gran mesa estaba desierta, la mayoría de los cortesanos estaban con el rey o habían regresado a sus castillos.

—Esto está vacío. Llevó sola semanas y el rey no accede a que vuelva a su presencia —se lamentó Egilona.

—¿Qué sucedió entre el rey y vos?

—Mi madre, con sus malas artes, enfermó al rey. Estaba preocupada porque no teníamos descendencia y una bruja le preparó un bebedizo para que le diera más vigor, el rey enfermó, se enteró de lo que mi madre había hecho y la desterró, después me dejó aquí, sola y aburrida.

Nos sirvieron varios platos riquísimos, llevábamos meses sin probar esas exquisiteces, después nos retiramos a uno de los rincones preferidos de Egilona.

—Debéis hablar con el rey, para que me acepte de nuevo a su lado —dijo Egilona aferrada a mi brazo.

—No tengo mucha influencia sobre el rey —contesté.

—Tenéis mucha más de la que creéis. Su padre le aconsejó que os hiciera caso —dijo la reina.

—Haré lo que está en mi mano, pero con la condición de que su majestad interceda para que después el rey me deje regresar a casa. No quiero saber nada de la corte.

—Pero sois su hombre de confianza y los Witiza todavía andan revueltos contra él. Tal vez, cuando se logre la paz os mande a vuestras tierras, pero ahora os necesita y yo también.

Con un gesto mandó salir a todos los invitados, a los siervos y a mis amigos. Después me mandó sentarme sobre unos almohadones.

—Tal vez el remedio contra mi infertilidad esté en vos —me dijo mientras pasaba su mano por mi pelo.

Yo cerré los ojos. Había soñado muchas veces con estrecharla entre mis brazos, pero ahora era la mujer de mi primo y la reina. Me retiré un poco y la miré directamente a los ojos.

—Hubo un tiempo en el que una palabra de vos me hubiera hecho cometer cualquier locura, pero no puedo traicionar a mi clan ni a mi rey —dije muy serio.

—A él no le importó dejaros sin prometida —dijo con el ceño fruncido.

—Debo servirle fielmente, se lo juré a su padre.

—Los juramentos en el lecho de muerte no sirven para nada, vuestro tío no puede pediros más, además que mayor servicio que dar un heredero al trono —dijo Egilona acercándose nuevamente.

Comenzó a desnudarse y yo me eché hacia detrás, para escapar de sus brazos. Me quitó la camisa, pero logre zafarme y salir corriendo.

Rechazar a Egilona me ponía en peligro, pero satisfacer sus deseos hubiera sido aún peor. Además, veía a su madre detrás de aquella estratagema.

Al día siguiente dispusimos todos para ir al encuentro del rey. El castillo en el que reposaba su dolencia se encontraba a dos días escasos de Toledo.

El castillo era un edificio pequeño, pero bien protegido. Descansaba sobre un alto risco y desde él se divisiva todo el valle. Antes de atravesar sus puertas, tuvimos que pasar tres guardias, al menos el rey no había descuidado su seguridad, sabiendo que sus enemigos esperaban la mejor ocasión para asesinarle.

Al llegar junto al rey vi varias cosas que no me gustaron. Sentados junto a mi primo había una moza que no había visto jamás. Joven, bella y altiva, no paraba de hacerle carantoñas a mi primo. Al otro lado estaba el conde don Julián, un vil comerciante de mujeres y armas, que cuidaba la plaza de Ceuta. Don Julián se había puesto del lado de los wirizanos, pero al ver que don Rodrigo se convertía en rey, había cambiado de bando, enviado mucho dinero a la corte y a su hija, que al parecer vivía como una princesa.

—Estimado primo, os hemos echado de menos. No hay nada como los lazos de la sangre, a nadie tengo más cercano que a vos —me dijo el rey abrazándome.

—Majestad, gracias por vuestras inmerecidas palabras ––contesté.

—El reino sigue alterado, espero que halláis pedido por nosotros en Tierra Santa —dijo el rey.

—Rogué por la paz y la prosperidad de Hispania y por un largo reinado —contesté.

—Dios os oiga, primo. Quiero que demos un golpe mortal a los witizianos, al parecer se esconden en la Tarraconense, pero antes hay que frenar a los vascones que han vuelto a levantarse contra nos.

—¿Los vascones? —pregunté extrañado.

—Llevó casi un año en el trono y esos salvajes se creen que no soy capaz de dominar mis territorios. Necesito entrar en batalla y demostrar a todos mi fuerza. Será mejor que demos un paseo por el jardín —me dijo el rey apoyando un brazo sobre mi hombro.

Salimos del salón y caminamos solos, mientras que el resto de los cortesanos nos seguían a una corta distancia.

—Ya no hay dudas de mi potencia —me dijo en un susurro.

—No os entiendo.

—Se rumoreaba que no podía concebir hijos, pero al parecer la estéril es mi esposa, Florinda, la hija de don Julián está embarazada.

—¿La hija del conde? ¿Él lo sabe?

—Lo sabe todo el mundo, no iba dejar que nadie dudara de mi hombría —dijo el rey orgulloso.

—Pero la reina...

—Esa estéril y su madre lo único que me han traído ha sido dolores de cabeza.

—¿Pensáis repudiarla? —pregunté al rey.

—Es posible, de hecho, la condesa casi me mata con uno de sus brebajes.

—Por lo pronto mandaré a su padre a Ceuta, después vos y yo marcharemos contra los vascones y lo demás se verá más adelante —dijo el rey.

Caminamos en silencio. En mi cabeza no paraban de escucharse las palabras de Egilona. Esperaba noticias mías, pero lo único que le podía contar es que el rey la había engañado y planeaba repudiarla.

La actividad de los días sucesivos me hizo olvidar la situación de Egilona. Reunimos un gran ejército y pasamos dos semanas armando y entrenando a los soldados. Al parecer, los vascones habían reunido a muchos clanes y no sería tan fácil vencerlos esta vez.

Después de reunir al ejército, fui testigo de una gran

pelea entre Florinda y el rey.

Estábamos en medio de la cena de despedida y la joven insistía en acompañarnos en la campaña del norte. El rey intentaba disuadirla, pero la joven, que era primeriza, no quería separarse de su protector, sobre todo por temor a la condesa de Brieva, que era conocida por su maldad.

–Os quedaréis aquí. El campo de batalla no es sitio para una mujer en vuestro estado –dijo el rey.

–Vuestro hijo corre más peligro aquí que en el campo de batalla –contestó.

–Estaréis protegida –dijo el rey.

–Os acompañaré –dijo frunciendo el ceño.

El rey se puso en pie y colérico le contestó:

–Yo soy el rey y haréis lo que mande. Mañana regresaréis a vuestra casa, fuera del palacio y esperaréis a que regrese.

La joven se levantó de la mesa y se fue de la sala.

Al día siguiente, mientras el ejército comenzaba a desplazarse hacia el norte, el rey mandó llamar a la joven, pero esta había desaparecido.

–Maldita niña mal criada. Quiero que busquen a Florinda y la encierren en el castillo hasta que regrese – ordenó el rey.

Marchamos alegres, con la esperanza de regresar con vida y la esperanza de terminar después con el resto de nuestros enemigos. Aunque el destino de los hombres y de los reinos está únicamente en manos de Dios.

15. LA TRAICIÓN

Marchamos hacia el norte con determinación, el rey Rodrigo estaba convencido que una victoria contra los vascones confirmaría su trono. El ejército reunido no era el más adecuado ni nos había dado tiempo para adiestrarlo lo suficiente, pero esperábamos que el valor supliera la inexperiencia de nuestros hombres.

Decidí en el último momento que la joven judía se quedara en nuestra casa en Toledo. No dejaba de preocuparme la situación de Egilona y lo que pudiera suceder en nuestra marcha entre ella y Florinda.

La joven debía enviarme una carta cada semana informándome de lo que sucedía en la corte.

El rey había obtenido la mayor parte del dinero que necesitaba de los judíos. Se lo había sacado a la fuerza y no estaba dispuesto a devolvérselo. Además, desde tiempos del rey Egica, los judíos estaban obligados a entregar a sus hijos al cumplir siete años, para ser educados en una familia cristiana.

Aquella situación me parecía injusta, pero el rey Rodrigo confirmó las leyes de sus antepasados, oprimiendo a los hebreos y sacándoles todo el dinero que podía.

Tras varias jornadas inagotables llegamos hasta las cercanías de Pamplona. Nuestro avituallamiento era ineficaz y los soldados comenzaron a quejarse muy pronto. Las cosas en Toledo no marchaban mucho mejor. La joven me escribió varias cartas en las que hablaba de los continuos desplantes de Florinda a Egilona. Se rumoreaba que la amante del rey escribía a su padre, el conde don Julián, quejándose del abandono del rey y sus despechadas palabras. Pero los problemas no provenían tan solo de aquella joven mal criada y caprichosa.

Estando, batallando, me llegó una carta de Hilderico. En el último momento, la enfermedad de uno de sus hermanos le había retenido en el sur y esperaba incorporarse en el ejército más adelante. Hilderico regresó a Toledo antes de dirigirse al campo de batalla y allí escuchó unos rumores realmente preocupantes.

Al parecer, los judíos estaban al borde de la sedición. El rey Rodrigo casi los había arruinado en los pocos meses que duraba su reinado. Uno de sus dirigentes llamado Ben Hair, incitaba a sus hermanos a levantarse contra el rey.

Todo aquello me parecía muy lejano en medio de la guerra. El caudillo de los vascones se llamaba Zubiriac era uno de los hombres más temibles de esa región. Además de bravo, el caudillo vascón era muy astuto. Al principio no opuso resistencia y nos dejó internarnos en las montañas. Apenas habíamos sufrido algunas escaramuzas y perdido media docena de hombres.

La primera noche en medio del bosque me reuní en la tienda del rey.

—Majestad —le saludé con una inclinación.

—Se puede oler la victoria —me contestó eufórico.

El rey era un hombre animoso, pero poco sabio. Su impaciencia le hacía cometer muchos errores. A uno de los pocos consejeros que escuchaba era a mí, pero en muchas ocasiones mis consejos eran pasados por alto.

—Eso esperamos, majestad.

—¿Dudas de que venceremos a estos salvajes? —preguntó el rey frunciendo el ceño.

—No, pero estamos en su terreno y nuestro ejército lleva poco tiempo formado. Zubiriac no parece un caudillo más, muchos dicen que su astucia puede meternos en un grave apuro –le dije al rey.

Cuanto mayor es el enemigo, más grande es la victoria.

Además, las noticias que me han llegado de Toledo no son muy tranquilizadoras –dije al rey.

–Esos malditos traidores esperan mi ausencia para conspirar a mis espaldas, crees que no lo sé. Tengo espías entre ellos –comentó el rey.

–Deberíamos reducir el ejército, somos demasiados para combatir en estos valles. ¿Por qué no regresáis a Toledo? Yo me haré cargo de los hombres y os llevaré la victoria.

El rey me miró enfurecido.

–¿Pretendéis robarme la gloria? Ya os dije que necesito vencer para asegurarme la fidelidad del pueblo.

–Pero yo venceré en el nombre del rey. No hace falta que os arriesguéis vos y el reino –contesté.

–Si Dios quiere mi vida se la entregaré, si desea mi victoria me la concederá.

–Hay rumores de que los judíos están a punto de levantarse –dije.

–Esos cobardes, no les tengo miedo.

El rey hizo un gesto para que me marchara y yo incliné la cabeza y salí de la tienda. Liuva me esperaba fuera. Nos alejamos y revisamos el campamento.

–El rey quiere una victoria y está dispuesto a sacrificar su reino –le dije.

–Le protegeré con mi vida si es necesario –me contestó.

–Gracias, mi fiel Liuva, pero creo que necesitaremos algo más que valor para vencer esta batalla.

–No os entiendo, señor.

–Reservaremos una parte del ejército. Quiero que salga con cincuenta hombres esta misma noche y os ocultéis en la cima de las montañas. Estoy seguro de que los vascones querrán sorprendernos en el desfiladero. Tus arqueros deben atacarlos cuando intenten cortarnos el paso –dije a Liuva.

—Ahora mismo partiremos —me contestó.

A la mañana siguiente el ejército comenzó a moverse lentamente hacia Pancorbo. Aquella inmensa serpiente se desplazaba con lentitud. Después de cinco horas de marcha comenzamos a entrar en el desfiladero. Cuando el ejército terminó de entrar en el estrecho paso. Escuchamos unos gritos y gigantescas piedras comenzaron a caer de la montaña.

—Malditos salvajes —dijo el rey bajando del caballo.

Las piedras segmentaron el ejército y los vascones se lanzaron a rematar a los hombres atrapados entre las piedras. Entonces mis arqueros aparecieron al otro lado de la montaña y comenzaron a disparar contra nuestros enemigos.

Los vascones miraron con sorpresa a los arqueros. Aquella lluvia de flechas comenzaba a debilitar sus fuerzas. Su caudillo mandó que retrocedieran y en unos minutos, nuestro ejército se vio libre de sus enemigos.

Replegamos las tropas. Habíamos perdido un centenar de hombres y otros tantos habían huido. El rey estaba furioso, pero al menos había comprendido que un ejército tan numeroso era ineficaz en aquella guerra.

Por ello, querido hijo, hay lecciones que debemos aprender, aunque provengan de nuestros enemigos. Un pequeño ejército bien organizado, en un territorio favorable, es mucho más poderoso que el más fabuloso ejército que puedas reunir.

El rey convocó a sus generales y mostrando su disgusto señaló en el mapa la ciudad de Pamplona.

Esos malditos salvajes son inexpugnables en las montañas, pero saldrán a salvar la ciudad. Entonces les aplastaremos —dijo el rey.

—La ciudad está muy bien amurallada —le advertí.

—Haremos máquinas de asalto —dijo el rey.

—Eso nos llevará meses. Vuestros enemigos pueden aprovechar la debilidad para intentar tomar Toledo —indiqué al rey.

—No se atreverán.
—Podríamos dejar parte del ejército rodeando la ciudad. Dentro de tres meses podéis regresar y organizar el asalto. El reino necesita a su rey.
—Querido primo, ¿olvidáis quién es el rey?
—Pero majestad...
—Se hará cómo yo ordeno.
El resto de los generales apoyó al rey.
—Debemos regresar con una gran victoria, eso aplacará más a mis enemigos, que si regreso ahora con el rabo entre las piernas —dijo el rey.
Preparamos el asedio, pero lo que ignorábamos era que nuestros enemigos estaban organizándose para dar un golpe mortal al reino.

16. LÍBRAME DE TODOS MIS ENEMIGOS

No logré convencer al rey para que regresara a Toledo. Quería una victoria y no marcharía de las puertas de Pamplona hasta conseguir derrotar a sus enemigos. Muchas veces los reyes persiguen fantasmas, mientras sus reinos se desmoronan. Por eso, hijo mío, busca siempre lo mejor para el reino y no para ti mismo. El rey Saúl perdió la corona, por preocuparse más de él que de Israel. Este es un mal muy común entre los hombres que ejercen el poder.

Las noticias que llegaban de Toledo no eran muy buenas. Hilderico había logrado infiltrarse entre los conspiradores y sus cartas eran alarmantes. Decidí no volver a hablar del tema al rey hasta que no tuviéramos pruebas definitivas.

Al parecer, el conde Julián se había reunido con un musulmán llamado Muza, un líder tribal al que había vendido armas y con el que llevaba años haciendo negocio. Don Julián había reunido a witizianos, dirigidos por el conde Sisberto, a los bereberes de Muza y a los judíos bajo Elifaz, para realizar algún tipo de golpe de mano, aunque Hilderico no sabía ni dónde ni cómo lo harían.

El asedio de Pamplona seguía lentamente su desenlace, pero yo tenía la cabeza en los oscuros asuntos de Toledo.

Una de las mañanas que repasábamos las murallas me acerqué al rey y le pedí permiso para regresar a Toledo.

—Majestad, algunos asuntos me llaman a la capital del reino.

El rey me miró con desconfianza, muchas veces veía enemigos donde no los había, aunque era incapaz de reaccionar a mis advertencias.

—¿Qué asunto os lleva allí? —preguntó.

—Unos negocios personales de mi padre, al parecer dejó algunas tierras sin vender y requieren mi atención —dije.

—¿No puede esperar ese asunto?

—Prometo regresar antes de que se rinda la ciudad.

—¿Cómo lo sabréis? ¿Acaso sois adivino? —preguntó el rey.

—Espero ir y regresar inmediatamente —dije.

—Siempre hacéis lo que os place, no sé si me desobedecéis porque sois mi primo o porque sois mi hombre de más confianza. Marchad y regresad cuanto antes —dijo el rey enfadado.

Aquella misma mañana partí con un pequeño grupo de hombres. Cabalgamos sin descanso hasta Toledo. En todas partes observábamos la misma inquietud. Los rumores comenzaban a extenderse por todo el reino.

Nuestra llegada a Toledo puso nervioso a los conspiradores, todos sabían de mi lealtad al rey. No se les escapaba que mi presencia podía desbaratar sus planes.

Hilderoco me esperaba en la casa de mi familia. Al verme me dio un fuerte abrazo y nos dirigimos al salón.

—¿Cómo están las cosas? —pregunté inquieto.

—Andan mal, los rumores hablan de que don Julián ha llevado a los musulmanes una gran suma de dinero, para que se unan a la causa de Agila II. Todos hablan de los temibles guerreros que son los bereberes.

—¿Más que los vascones? Hemos combatido a ejércitos salvajes, no creo que los musulmanes sean peores —contesté.

—Están mejor armados que los vascones y cuentan con el oro de los judíos —dijo.

—Lo que no entiendo, es porqué los judíos les apoyan —

-dije.

—El rey Rodrigo ha seguido la política de Egica y los ha discriminado aún más, seguramente busquen venganza — -contestó Hilderico.

—Tenemos que conocer sus verdaderos planes y creo que la única que puede ayudarnos es Florinda. ¿Sigue en la ciudad? —pregunté.

—Sí.

—Esta noche iremos a verla.

Descansé unas horas. El viaje había sido agotador y cuando se puso el sol nos dirigimos a la casa de la joven. Nos sorprendió lo bien custodiada que estaba Florinda, sin duda su padre no quería que los hombres del rey pudieran hacerle daño. Tardó un rato en recibirnos, pero al final logramos verla.

—¿Qué os trae tan lejos del rey? —me preguntó nada más verme.

—Unos negocios personales.

—Un fiel siervo no deja a su señor en mitad de una batalla —me dijo.

La ciudad está asediada y poco puedo hacer allí, hasta que rindan la fortaleza —contesté.

—¿Cómo está el rey? —preguntó.

Me extrañó su preocupación por el rey. Sin duda, Florinda era una niña malcriada, pero en el fondo seguía amando a Rodrigo.

—Bien, su majestad está deseando coronar el asedio con una victoria —dije.

—Hay victorias que pueden costar un reino —afirmó la joven.

—Sin duda, pero otras pueden asegurarlo para siempre — -dije.

—¿El rey tiene alguna amante? —preguntó.

—¿Amantes? No, simplemente concubinas. Es un hombre muy pasional —dije.

La mujer puso un gesto de rabia. Se frotó la enorme barriga y aguantó las lágrimas.

—Lleváis en vuestro seno la esperanza de este reino. Os pido que no os unáis a los que pretenden destruir Hispania —le dije.

La joven me miró con sus ojos claros y tristes, en los últimos meses había envejecido deprisa, embargada por la maternidad y el rechazo del rey.

—En mi seno llevo a mi hijo. No me importa que sea hijo del rey, para él es únicamente un bastardo.

—Estáis equivocada. El rey no deja de hablar de su futuro hijo. Por ahora es su único heredero —le dije.

—Entonces, ¿por qué no me llevó con él?

—La guerra no es el mejor lugar para una mujer embarazada. No quería poneros en peligro ni a vos ni al niño —le expliqué.

La joven se echó a llorar. Me aproximé a ella y la abracé.

—Dios mío que he hecho —dijo la mujer entre suspiros.

—¿Qué sucede? —pregunté.

—He animado a mi padre para que se levantara contra el rey y propiciara una rebelión. Mi padre ha pagado a Muza 50.000 doblones de oro para que se una a los ejércitos de los witizanos, ya no podemos detener la conspiración —dijo la joven.

—¿Qué pruebas tenéis de eso? —pregunté.

Florinda se levantó y se acercó a un pequeño cofre, sacó unas cartas y me las entregó.

—Dádselas al rey y rogad que me perdone —dijo la joven llorando.

Tomé las cartas, era justo la prueba que necesitaba para que el rey regresara e hiciera frente a los rebeldes. Me despedí de la mujer, ya era noche cerrada y pensé partir al amanecer, pero antes quería ver a Egilona.

Llegué al castillo y corrí al encuentro de mi amada. Estaba más bella que la última vez que la vi. Su pálida piel, sus ojos claros y expresivos, los labios carnosos y la expresión de felicidad que mostró al verme.

—Don Pelayo, estáis sano y salvo. Cuanto he rogado a

Dios por vuestra vida –me dijo abrazándome.

Al apretarme sentí sus pechos sobre mi cuerpo y sentí un escalofrío.

–Su majestad sigue tan hermosa como siempre –le dije.

–No me llames majestad. Soy Egilona, la niña que jugaba junto a ti en la casa de tu padre.

Nos recostamos sobre almohadones y permanecimos un rato en silencio.

–Nunca seré libre –dijo la reina.

–Eso nunca podemos saberlo con certeza, nuestro destino está escrito, pero a veces no es el que esperamos ––le contesté.

–Tal vez el rey me repudie por no haberle dado hijos, en ese caso…

Le reina no terminó la frase, tal vez por temor a que la rechazara.

–Siempre os amaré. No me importa que seáis la mujer de mi primo –le contesté.

–Pero este amor no puede perdurar si no soy libre – dijo Egilona.

–Uno es libre de amar en el corazón. Esa es la única fortaleza inexpugnable- le contesté.

Egilona me abrazo y después me besó. Cerré los ojos e intenté no pensar en nada. Había imaginado tantas veces ese momento. Instintivamente comencé a desnudarla. Su piel estaba tibia y su cuerpo era el más bello que había visto nunca. Me puse sobre ella y justo en el momento en el que iba a entregarme totalmente a ella. Escuchamos gritos en los pasillos.

Me aparté y vestí con rapidez. Ella se colocó la ropa y salimos a ver que sucedía. Paré a un criado que corría de un lado para el otro.

–¿Qué sucede? –pregunté.

–Un ejército viene hacia Toledo –dijo el hombre atemorizado.

–¿Un ejército? Al parecer cruzaron el mar hace unos días y se dirigen hacia aquí.

Tomé mis armas y sin mirar a Egilona, busqué a Hilderico. Teníamos que advertir al rey de inmediato.

# 3ª PARTE: LA LEALTAD

17. UN REY NECIO

El camino de regreso se hizo muy largo. Caminábamos con la angustia de que nuestras advertencias llegaran demasiado tarde. El rey seguía guerreando en el norte e ignoraba la invasión que se estaba produciendo en las costas cercanas a Cádiz.

Cuando seas rey no olvides esta lección. No es suficiente con tener dos ojos, un buen monarca debe tener mil. Ya los persas llamaban a sus gobernadores, los ojos y oídos del rey. Rodrigo no era un mal monarca, pero sin duda no escuchaba los consejos de sus súbditos y temía perder la gloria en manos de sus generales. Los celos pueden hundir tu reino más fácilmente que el peor de tus enemigos.

Cabalgamos sin descanso día y noche, reventando los caballos y sustituyéndolos por otros. Algunos de mis hombres acompañaban a menor paso a Florinda, que arrepentida quería ver al rey e intentar persuadir a su padrea para que retuviera la rebelión.

Antes de marcharnos había mandado a mi siervo Osorio para que espiara a los rebeldes, debía hacerles creer que yo me quería pasar a su causa, era la única manera de saber todos sus movimientos y sus verdaderas intenciones.

Cuando llegamos a Pamplona corrí hasta la tienda del rey. La ciudad seguía sitiada e inexpugnable.

—Majestad —dije al rey con una inclinación.

—Querido primo, ¿por qué habéis tardado tanto?

—He venido lo más presto que he podido —le contesté.

—Las cosas aquí siguen igual, no esperaba que la guerra fuera tan aburrida —dijo.

—En Toledo, en cambio, todo va mal —le dije.

—¿A qué os referís? —preguntó frunciendo el ceño.

Florinda incitó a su padre don Julián a levantarse contra su majestad, el conde ha unido a witizanos y judíos con los musulmanes del norte de África.

—No tengo miedo a ese atajo de cobardes —contestó el rey arrojando una copa de vino de la mesa.

—Pero ¿lo sabíais? —pregunté.

—Naturalmente, dejé a algunos espías junto a Florinda. Esta conspiración me servirá para eliminar a todos mis enemigos a la vez, esas ratas witizianas dejarán de esconderse.

—Al parecer ya han desembarcado en la Península y se dirigen a Toledo —le dije.

—Nuestras guarniciones del sur serán suficientes para contenerles, mandaremos una orden que prohíba bajo condena de muerte facilitar alimentos a los rebeldes —afirmó el rey. Ordenó que su amanuense redactara la carta y la enviara por todo el reino.

—¿Será eso suficiente? Creo que sería más adecuado levantar el sitio e ir con el ejército al sur —comenté.

—No dejaré perder esta presa por esa panda de conejos asustados. Cuando se conozca mi victoria huirán antes de enfrentarse a mí.

—Majestad, si los ejércitos del sur no resisten, no llegaremos a tiempo para salvar Toledo —dije.

—Nos quedaremos aquí —comentó zanjando la conversación.

Me retiré agotado y decepcionado. Mi viaje había sido en vano. Desee con todas mis fuerzas haber posado con Egilona, aquel necio no merecía la lealtad de ningún hombre, pero es mejor estar en paz con tu propia conciencia que satisfacer los apetitos carnales.

A espaldas del rey intenté organizar a mis hombres,

esperé las cartas de Osorio y esperé que Dios tuviera misericordia de todos nosotros, pero el castigo contra los godos estaba preparado y no tardaríamos en sufrirlo.

18. NOTICIAS DE OSORIO

A la semana empezaron a llegar las cartas de mi fiel Osorio, gracias a las palomas mensajeras. Los wirizanos se creyeron mi intención de unirme a su causa y le permitieron participar de sus planes. Al parecer, uno de los musulmanes, un tal Tarik se convirtió en su más leal enemigo. El propio general musulmán le relató cómo habían llegado a un acuerdo entre Muza, don Julián y los partidarios de witizianos.

La reunión de los conspiradores había sido en África, cerca de Ceuta. Elifaz, el representante de los judíos, se había reunido con Muza y don Julián para organizar el embarque de los musulmanes y su transporte a Hispania.

Al parecer Muza no confiaba mucho en las intenciones de Elifaz, creía que los judíos podían cambiar en el último momento de bando. Elifaz se ofreció a facilitar los barcos y poner el dinero para la invasión. Muza quedó muy complacido, ya que aquella era la señal que le había pedido a Alá, para actuar, pero sus dudas le llevaban a esperar todavía. Los bereberes temían salir de su territorio, ya que eran un pueblo muy anclado en sus costumbres. Elifaz le dijo que vendría una gran hambre entre ellos y que aquella señal confirmaría la primera, Muza le miró con desconfianza, pero confió su futuro a Alá.

El Dios de los musulmanes confirmó la señal con una dura sequía y los sarracenos se decidieron a invadir Hispania. Muza determinó enviar a uno de sus generales más capaces, Tarik ben Ryad, un bereber que se había opuesto a la invasión de Muza, ya que este era árabe y musulmán. La conversión de Tarik facilitó la del resto de los bereberes.

Muza había sido muy inteligente al salvar de la muerte a su enemigo. Los hombres más fieles son aquellos que nos deben la vida. Con el perdón a un solo hombre, Muza ganó a toda su tribu.

Es más astuto ser benévolo que implacable, acuérdate que es preferible que tus súbditos te amen a que te odien. Muy pocas personas son capaces de morir por temor, pero muchas sí son capaces de morir por amor.

Al parecer el propio Muza adoctrinó a Tarik en las enseñanzas del islam, convirtiéndole en su discípulo, su siervo y su amigo. Muza también le enseñó el arte de la guerra, ya que por lo que me contó Osorio, los árabes son grandes guerreros, astutos e implacables.

Al parecer los bereberes tenían muchas mujeres y como en el Corán se permitía la poligamia, los bereberes aceptaron de buena gana sus enseñanzas, pero las informaciones más importantes de Osorio no fueron la descripción de las costumbres de nuestros enemigos, si no su desembarco en Hispania.

Ya te he contado que, en la primavera del 711, Tarik llegó a nuestra tierra y se ocultó en un peñón poco habitado. Los habitantes de la zona les tomaron por piratas, ya que era muy normal, en aquel tiempo, ver a piratas moriscos por todas partes. Al poco llegaron más bereberes y ocuparon las zonas más llanas. Las naves del judío Elifaz crearon un puente y siguieron llegando guerreros sin que nuestro rey hiciera nada para impedirlo.

Yo mismo hablé al rey en numerosas ocasiones, pero él prefirió quedarse en Pamplona y no dirigirse al sur hasta ver su conquista completada.

Cuando las noticias comenzaron a ser preocupantes, el rey me mandó llamar y acudí raudo a su presencia.

—Querido primo teníais razón, los musulmanes parecen

más peligrosos de lo que yo creía en un principio. Al parecer un poderoso ejército se acerca a Toledo. Dividiremos nuestros ejércitos en dos. Uno capitaneado por ti y el otro por mí. Nos reuniremos en Toledo en unas semanas —dijo el rey Rodrigo.

No quise enfurecerle, pero habíamos perdido mucho tiempo. Ahora nuestros enemigos eran más fuertes y nos costaría muchos más arrojarlos de nuevo al mar.

—Majestad, deberíamos rehuir el enfrentamiento directo hasta evaluar sus tropas y reunir a más hombres —le dije.

El rey frunció el ceño, no le gustaba que le llevaran la contraria.

—No hay tiempo. Los visigodos somos un pueblo valiente y Dios suplirá todo lo que nos falta. No olvides que nuestros antepasados vencieron a los romanos, a los vándalos y alanos, expulsaron a los bizantinos y han mantenido a raya durante siglos a vascones y francos.

—Por los informes que me han llegado, estos musulmanes tienen una peculiar forma de luchar —le contesté.

—También tendrán una peculiar forma de morir —dijo el rey y todos soltaron una carcajada.

Partimos hacia el sur al día siguiente. Aunque me aseguré de enviar a Liuva para que examinara los castillos de los witizianos, dejábamos a nuestras espaldas un gran número de enemigos. Uno de los más peligrosos era el duque Sisberto, que se mantenía en uno de los castillos mejor guardados de Hispania.

Apenas habíamos avanzado hacia el sur, cuando Liuva llegó con noticias de él duque Sisberto. Al parecer pedía unirse a nuestras fuerzas para combatir a los rebeldes. El repentino cambio de uno de los partidarios de Agila II, que además era regente de los witizianos hasta que su rey llegara a la mayoría de edad, me dejó inquieto. Junto a él estaba el obispo Oppas, uno de los hombres más perversos que ha dado la Iglesia. Aun así, mandé cartas al duque para que alcanzara a nuestro ejército, no era la primera vez que un hombre cambiaba de bando, para gloria de Dios y los hombres.

El duque Siberto traía un numeroso y bien pertrechado ejército. La unión de nuestras fuerzas bien podía combatir a los musulmanes.

Al llegar a las proximidades de Toledo, Hilderico, que había quedado en Toledo, se sorprendió mucho de ver a nuestro ejército unido al del duque y me llamó a parte.

—Mi señor, no pueden convivir el cordero y el león juntos —me dijo preocupado.

—Al parecer, el duque ha comprendido que no se puede perder un reino, por coronar a un rey —le contesté.

—Vigilaré a ese mal nacido —me indicó.

Nos instalamos a las afueras de la ciudad y a poco llegó Osorio que había abandonado a los conspiradores para unirse a nosotros. Las noticias que traía eran muy malas. Al parecer, gran parte del ejército ya había pasado y con ellos traían caballos, máquinas de guerra y dromedarios. Sus ejércitos se movían con mucha rapidez, sus armaduras eran ligeras y los dromedarios podían caminar de día y noche sin descansar.

Las peores noticias no tardaron en llegar, los bereberes conquistaron Gadir. La primera ciudad ya había caído en sus manos y si no hacíamos algo pronto, todo el reino se perdería.

El rey tardó dos días en llegar. No se extrañó al ver al duque de nuestro lado, ya que era muy normal en nuestro pueblo cambiar de bando en casos extremos y aquel lo era. Las dos semanas siguientes procuramos reclutar a más soldados. No queríamos salir al encuentro de los bereberes con inferioridad de tropas, pero la mayor parte de los nuevos guerreros no tenía experiencia y no teníamos el tiempo para enseñarles.

Por mi parte reuní a diez mil hombres, si contamos a las fuerzas del duque entre las nuestras. Aunque antes de que partiéramos para la batalla sucedieron algunas cosas en Toledo, que me alejaron más del corazón del rey.

19. REPUDIO

La ciudad bullía de actividad, miles de hombres esperaban en tiendas a que partiéramos al sur y cada día llegaban más voluntarios para unirse a nuestro ejército. Yo dormía con mis hombres, no quería disfrutar de mi palacio, mientras ellos tomaban pan duro y descansaban al raso. El rey se había instalado en su castillo y se reunía a diario con sus generales.

La última noche que pasábamos en la ciudad, el rey organizó una fiesta. Muchos de nosotros pensábamos que aquello era una frivolidad, pero a los nobles les gustaba disfrutar de los placeres de la carne antes de entrar en batalla, tal vez temieran que aquella iba a ser su última fiesta.

Acudí a palacio a regañadientes, me senté en uno de los extremos de la mesa, para poder abandonar la fiesta cuando el vino comenzara a hacer estragos entre los comensales.

Cuando el rey entró en la sala de la mano de la reina se hizo un silencio sepulcral.

–Queridos súbditos, godos libres, una gran amenaza se cierne sobre nuestro reino, pero los dioses de nuestros antepasados y el Dios de los cristianos nos ayudarán a vencerlos –dijo el rey.

Yo me quedé sorprendido de aquella invocación pagana, estaba prohibida hacía siglos, pero en secreto muchos de los nuestros practicaban antiguos ritos.

—Antes de salir a la batalla, disfrutaremos de los placeres que la vida nos ofrece con tanta generosidad, somos godos y nuestro valor nos ha salvado muchas veces de la destrucción. Disfrutada de la vida y bebed hasta que perdáis el sentido —dijo el rey ante el regocijo general.

La reina estaba cabizbaja, parecía haber envejecido desde la última vez que la vi. Ya no era esa hermosa e inocente joven que conocí en mi infancia, la vida había destruido parte de su frescura, pero no había logrado apagar su belleza. Me miró desde su asiento y yo tuve que apartar la vista, no soportaba verla junto al rey.

La fiesta transcurrió entre bailes, numerosos platos de comida y bebida en abundancia. Dos horas más tarde, la mayoría de los invitados estaban bebidos y levantaban las faldas de las siervas o copulaban sobre las mesas sin ningún pudor. En ese momento se levantó el rey y para sorpresa de todos dio un anuncio sorprendente.

—Soy un rey benévolo, valiente y compasivo. Después de derrotar a los vascones y venir a Toledo, he decido, en contra de la costumbre de nuestros antepasados, repudiar a la reina…

La sala se quedó en silencio de repente.

—Nuestros antepasados hubieran actuado más duramente, ya que mi esposa y su madre intentaron envenenarme. Desde hoy esta ya no es mi mujer ni yo soy su esposo —dijo el rey señalando a Egilona que estaba con la cabeza agachada y llorando.

En aquel momento deseé abalanzarme sobre el rey y atravesarle con mi espada, pero me retuve. La reina se levantó de la mesa y corrió hasta la salida. Después el rey hizo un gesto y la música comenzó a sonar de nuevo.

Pasados unos minutos abandoné la fiesta y busqué a Egilona. Se encontraba en sus aposentos, llorando sobre la cama. Me acerqué a ella y posee una mano sobre su hombro.

—Egilona, yo os protegeré —le dije.

—¿Cómo? Soy una repudiada, si me ayudáis caeréis en

desgracia –me contestó entre sollozos.

–No me importa perderlo todo por vos, después de vencer a los enemigos del rey escaparemos. Podremos refugiarnos en Italia o Bizancio –le dije.

–Estáis loco –dijo Egilona abrazándome.

Nos quedamos un rato agarrados, escuchando la respiración el uno del otro. Después ella me miró a los ojos y sonrió.

–De nuevo los dos juntos. Perdonadme por todo el daño que os he causado, pero debía obediencia a mi madre, no es fácil ser una mujer viuda. Siempre ha necesitado a un hombre que la protegiera, ella no quería esa vida para mí.

–No os preocupéis, ya os he perdonado.

Egilona me apretó contra su pecho y comenzó a besarme. Yo me puse rígido, todavía era la esposa del rey, mi primo, por lo menos hasta que la Iglesia aceptara el repudio.

–Esperad –le dije.

–El rey me ha desechado, ya no soy su esposa –contestó empujándome hacia la cama.

Siento confesar que me dejé llevar, después de tantos años deseando a Egilona no podía esperar más, para poseerla. Su cuerpo caliente me rodeó y nos unimos en una sola carne.

No me siento orgulloso de lo que hice, pero la bebida, los sentimientos retenidos durante tanto tiempo me nublaron la razón.

Una hora más tarde abandoné el lecho y me dirigí al campamento, durante mi paseo nocturno comprendí que Dios nos había castigado enviando a aquellos infieles. Nuestro reino se había fundado sobre la maldad y la injusticia y el juicio estaba sobre nosotros. Aturdido por el cansancio y la culpa me interné en mi tienda.

Liuva me siguió al interior. Le miré entristecido.

–Fiel amigo, necesito saber todo lo que pasa en palacio. Estoy preocupado por la reina y su suerte. Te quedarás en

Toledo y me mantendrás informado.

—Como deseéis —dijo Liuva.

Me derrumbé en la cama y me quedé profundamente dormido.

20. PREPARANDO LA BATALLA

No recuerdo un mes de junio más caluroso que el de aquel año. Los hombres caminaban sudorosos bajo el sol y los caballos relinchaban cuando pasábamos junto a los pozos. A medida que recorríamos los pueblos de camino, muchas madres nos entregaban sus hijos para la batalla, habían escuchado que los moros eran crueles con las mujeres y preferían sacrificar a sus hijos, que ver violar a sus hijas. Muchas de aquellas campesinas se acercaban a nuestras filas y al vernos agotados y sedientos nos ofrecían agua y fruta.

Caminamos sin descanso, la nube de polvo que levantábamos podía verse de lejos. La caballería encabezaba nuestro ejército. Sus vestidos de terciopelo y sus armaduras relucientes amedrentaban y admiraban a los que nos contemplaban desde los caminos. Los estandartes se balanceaban por la marcha y el sonido de los tambores y las tubas anunciaba nuestra llegada. Después los infantes mejor armados, vestidos con mallas de hierro y cascos, continuaban la larga marcha, para terminarla en hombres mal vestidos y armados que se habían unido a última hora. Muchas mujeres y niños no seguían de cerca. Cocineras, esposas y prostitutas aliviaban todos nuestros pesares del camino.

Al llegar a Arcos, nuestros exploradores nos informaron que estábamos muy cerca del ejército enemigo. Nos asentamos en la ciudad a esperar que el rey diera la orden.

Aquella noche, el rey reunió a todos sus generales y nos explicó sus planes.

—Nuestros informadores han llegado hasta el corazón mismo del campamento enemigo. Han supervisado sus filas y aseguran que son veinte mil hombres —dijo el rey Rodrigo.

—¿Cuántos somos nosotros? —preguntó el duque de Siberto.

El rey me miró a mí, esperando una respuesta.

—Aproximadamente treinta mil —contesté.

—Somos muy superiores, caballeros —dijo el rey eufórico.

—No debemos confiarnos —comenté al ver el regocijo general.

—Esos bereberes son salvajes y no hombres, huirán en cuanto vean a nuestro ejército en formación —dijo el duque Siberto.

—Mis informes dicen una cosa distinta —comenté.

—¿Qué informes? —preguntó el rey.

—Mi fiel siervo Hilderico llegó hasta Gadir y estuvo con los rebeldes. Están muy bien armados y pertrechados, tienen máquinas modernas para la guerra y están dirigidos por Tarik, pero reciben órdenes de Muza, un gobernador enviado por Damasco —expliqué.

—No entiendo, ¿por qué ayudan a los witizianos? —dijo el rey.

—Mi opinión, majestad, es que pretenden gobernar Hispania —contesté.

—¿Gobernar Hispania? —preguntó el rey enfurecido.

—Sí. Cuando llegaron a la Península lo primero que hicieron fue fundar una ciudad: Tarifa, en honor a Tarik.

—No importa lo que pretendan, los devolveremos al mar —dijo el rey, dando un puñetazo en la mesa en la que estaban los mapas de la costa.

Todos permanecimos callados, hasta que el rey Rodrigo, con mejor ánimo, levantó su copa de vino y dijo:

–Venceremos o moriremos, que Dios marche delante de nosotros.

Todos levantamos las copas y apuramos el vino.

Instalamos el campamento en un bosque de pinsapos para protegernos del sol del mes de julio. .

El campamento enemigo estaba a pocas leguas.

Al día siguiente, el rey me ordenó que fuera con una embajada para disponer el día de la batalla. Tomé a Hilderico y Osorio junto a media docena de mis mejores hombres y nos dirigimos al campamento enemigo.

Al acercarnos dimos aviso de que íbamos en son de paz. Nos permitieron el paso y nos llevaron a la presencia de su jefe.

Tarik era un hombre alto, moreno y fuerte. Sus ojos negros, eran astutos y vivaces. Su mirada penetrante, parecía desvelar todos tus pensamientos.

Me sorprendió la riqueza de su tienda, los utensilios de oro y plata, las alfombras y cojines de seda.

–Sentaros caballero –dijo Tarik señalándome al suelo.

En mi viaje a Jerusalén ya había observado algunas de las costumbres de los árabes. Eran muy hospitalarios y extremadamente calmados.

–Venís para que acordemos un día para la batalla –dijo Tarik.

–Esa es nuestra costumbre –comenté.

–Acabáis de llegar y no sería noble por mi parte obligaros a luchar de inmediato. Descansad dos semanas y volveremos a vernos –dijo Tarik.

–Prefiero que sea cuanto antes- señalé.

–¿Por qué tanta impaciencia? –preguntó Tarik.

–Habéis invadido nuestra tierra y estamos deseosos de demostrar de que está hecha la punta de nuestras espadas – -dije.

Un par de sus hombres se lanzaron sobre mí, pero su jefe los paró.

–Quietos. El caballero es nuestro invitado.

Tarik me miró sonriente.

El rey de las montañas

—¿Cuál es vuestro nombre? —preguntó.

—Pelayo.

—No lo olvidaré —dijo mientras se ponía en pie.

—Yo tampoco olvidaré su cara, la buscaré en el campo de batalla —dije desafiante.

—Será un honor luchar contra vos —me contestó Tarik.

—Transmitiré su propuesta al rey —dije.

Nos alejamos del campamento enemigo y Hilderico se puso a mi lado.

—¿Por qué no queríais aceptar la fecha del moro? —me preguntó.

—Quieren ganar tiempo y que lleguen más hombres de África —le contesté.

—Pero nuestros hombres están agotados —comentó.

—Nos escasean los alimentos y en una semana el hambre se extenderá por el campamento. No nos conviene esperar —le dije.

Cuando llegamos ante el rey le transmitimos la propuesta de Tarik. Rodrigo estaba sentado en una silla con una joven sobre sus piernas. Los dos comían despreocupados.

—Perfecto, es mejor que los hombres descansen —dijo el rey.

—Pero majestad, no tenemos suficientes provisiones —contesté.

—Enviad hombres para que requisen alimentos en la zona —dijo el rey.

—Somos demasiados y esta zona no está muy poblada —comenté.

—Os gusta poner muchos inconvenientes, primo —dijo el rey enfadado.

—Únicamente pretendo aconsejaros, majestad.

—Se retrasará la batalla. No se hable más.

Pasaron los días y las tropas comenzaron a desesperarse. El hambre recorría nuestras filas y muchos desertaban y regresaban a sus hogares.

Dos semanas más tarde, nuestros hombres se

encontraban famélicos y por más que les prometía que unos días se saciarían con la comida de nuestros enemigos, no sabían qué creer.

El día 18 de julio el rey me ordenó que advirtiera a Tarik de que en la siguiente jornada presentaríamos batalla.

Aquella noche nadie durmió en el campamento. Todos nos mostrábamos ansiosos por enfrentarnos a nuestros enemigos. Caminé por el bosque intentando aliviarme del calor y el temor que me infundía aquella batalla. Tenía malos presentimientos y quería ponerme a bien con Dios, pensé en Egilona mientras rezaba mis oraciones en mitad de los árboles. El pensar en ella era lo único que me animaba a sobrevivir a aquella batalla.

21. LA BATALLA

El 19 de julio nos levantamos muy temprano, se celebraba el día de las santas Justa y Rufina, las patronas de Hispalis. En el campamento, más de cien sacerdotes celebraban misa, para que Dios nos fuera favorable en la batalla. Yo estuve presente en la celebrada por el obispo Oppas. Al otro lado del río se escuchaban las voces de los muecines, lanzando sus oraciones al viento todavía fresco de la madrugada.

Se tardaron varias horas en poner a todo el ejército en marcha y situarlo en la planicie en la que se iba a desarrollar la batalla.

Querido hijo, os aseguro que nunca vi dos ejércitos tan formidables uno frente al otro, ni en la época de los romanos hubo tantos luchando por la salvación de Hispania.

Frente a nosotros se situó el ejército musulmán. Cuando el rey Rodrigo lo observó, me mandó salir de la fila y me aproximé a caballo hasta él.

—Este no es un ejército de bárbaros, como me indicaban mis consejeros —dijo el rey.

—Ya os lo advertí, majestad. Están bien adiestrados y organizados —contesté.

—No llevan armaduras, sus espadas parecen endebles y sus caballos demasiado finos —dijo el rey.

—Ellos utilizan más la velocidad que la fuerza, por eso es mejor que nosotros nos repleguemos y hagamos un escudo para resistir su ataque –indiqué al rey.

–Pero eso es de cobardes, debemos atacarles primero –dijo el rey.

–Si les atacamos primero, nos envolverán y romperán nuestras filas.

–Lanzaré a la caballería. No podrán resistir su fuerza.

Después el rey se volvió hacia su ejército y les dijo:

–Hoy estamos aquí para defender mucho más que un reino. Estamos aquí, para asegurar la vida de nuestros hijos y nietos, para impedir que los herejes conquisten la tierra que el apóstol Santiago convirtió al cristianismo hace tantos siglos. En esta difícil jornada únicamente nos queda vencer o morir. Si vencemos, que Dios os lo premie, los tesoros de los moros serán vuestros y en toda Europa se conocerá que hay un pueblo que no teme a nada, si perdemos, nos veremos juntos en el paraíso.

La multitud gritó enfervorizada. Comenzaron a golpear las espadas contra sus escudos y un estruendo recorrió el campo. Por un momento estuve orgulloso de ser godo. Nuestros antepasados habían vencido imperios y derrotado a todos sus enemigos. ¿Podríamos volver a hacerlo en aquella jornada?

El rey levanto el brazo y nuestros arqueros dieron un paso al frente. A su orden todos dispararon y una nube de flechas cayó sobre las huestes enemigas. Los bereberes levantaron los escudos de piel de hipopótamo esquivando sin dificultad las flechas.

Los arqueros moros dispararon a su vez, causando pocas bajas en nuestras filas. Hubo varias ráfagas por ambos lados, hasta que los musulmanes pidieron permiso para retirarse a hacer sus oraciones.

Esperamos de pie, bajo el intenso calor, hasta que nuestros enemigos terminaron sus plegarias y se colocaron de nuevo en orden de batalla.

–¿Por qué rezan tanto? –me preguntó Hilderico.

–Lo indican sus leyes, deben orar varias veces mirando a La Meca –le dije.

Después, el sol comenzó a descender y se interrumpió la batalla para el día siguiente.

El rey nos reunió en el campamento, parecía poco satisfecho con la jornada.

—Don Pelayo. Os hice caso y no ataqué, pero ellos tampoco lo hicieron y hemos perdido el día lanzándonos flechas los unos a los otros —dijo el rey ofuscado.

—Ellos tampoco quieren atacar, pero debemos tener paciencia —comenté.

—¿Paciencia? Ya no tenemos que comer —dijo el duque Siberto.

—Ya os advertí que no retrasáramos tanto la batalla —comenté mirando directamente al duque, aquel traidor sabía muy bien hacer el papel de fiel lacayo.

—Tenemos que cambiar de estrategia. Mañana lanzaremos la caballería —dijo el rey.

Todos aplaudieron la decisión, deseosos como estaban de entrar en batalla.

—¿No habéis visto sus catapultas? Nos machacarán con ellas —les dije.

—Razón de más para lanzar un ataque que las capture y les haga huir. Cuando nos vean de cerca temblarán como niñas asustadas —dijo el rey.

Nos retiramos a descansar. Hilderico me trajo algo de comida y nos sentamos bajo las estrellas.

—Hay algo que no me gusta, señor —dijo Hilderico.

—¿El qué?

—Creo que esos sarracenos están ocultándonos algo, nuestros generales parecen muy confiados en la victoria —dijo Hilderico.

—Hace mucho tiempo que nuestro pueblo no se enfrenta a una amenaza tan grave, por eso nos hemos dedicado a matarnos los unos a los otros, pero no estamos preparados para enfrentarnos a una fuerza como la musulmana. Nos falta disciplina, estrategia y unidad.

—Eso es cierto, mi señor.

—Además, nuestro rey no tiene experiencia en la batalla

y se deja aconsejar por otros que tampoco la tienen – -comenté.

–Esperemos que Dios sea misericordioso con nosotros –dijo Hilderico.

–Dios ayuda a los que se ayudan a sí mismos –le dije.

A la mañana siguiente nuestros ejércitos repitieron las mismas rutinas y cuando el sol ya estaba en lo alto, se colocaron uno frente al otro. Los musulmanes habían arrastrado aquella mañana una docena de catapultas, que situaron detrás de sus filas. El rey trajo sus máquinas, mejor preparadas y capaces de cargar piedras más pesadas.

Después de varias lluvias de flechas, las catapultas comenzaron a disparar. En ambos bandos, muchos soldados fueron aplastados por las piedras, pero nadie rompió la formación. Entonces el rey mandó traer la torre, para atravesar el río que separaba a ambos ejércitos.

–La torre, mover la torre –gritó el rey.

Un centenar de hombre empujó el enorme artilugio hasta que llegó al río, comenzó a atravesarlo con sus grandes ruedas, mientras los arqueros de su interior nos dejaban de disparar flechas.

Los sarracenos no podían protegerse con los escudos a tan corta distancia y tuvieron que retroceder.

Un gran alboroto se desató en nuestras filas al ver huir por primera vez a nuestros enemigos.

Al ponerse el sol nos retiramos de nuevo. Al final, el rey no había lanzado la caballería y habíamos infringido la primera derrota a nuestros enemigos.

Nos reunimos, como cada noche, para preparar los planes del día siguiente.

–Hoy hemos conseguido una pequeña victoria –dijo el rey sonriente.

–Pero no podemos continuar así, nuestros hombres no tienen qué comer –dijo el duque Siberto.

–Estamos haciendo las cosas bien –indiqué.

–Demasiado despacio, no podemos permitirnos dos semanas más sin provisiones –dijo el duque.

—No tardaremos dos semanas en vences, a lo sumo dos o tres días más —dije.

—Apenas hemos arañado a su ejército. Parecemos cobardes, nos mantenemos a este lado del río en vez de enfrentarnos abiertamente —dijo el duque.

El rey me miró dubitativo.

—¿Qué harías tú, primo?

—Continuaría con esta estrategia.

—Seguiremos actuando con prudencia —determinó el rey.

Al día siguiente las cosas se complicaron un poco más. Un abrasador calor procedente de África hacía sufrir a nuestro ejército vestido con corazas y mallas de hierro.

Los moros no parecían afectados ni por el hambre ni por el calor. Estaban acostumbrados a pasar todo tipo de calamidades. Además, sus sacerdotes les prometían que si morían en batalla accedían directamente a un paraíso repleto de manjares y mujeres a su disposición.

La batalla continuó varios días y al séptimo, logramos abrir con las catapultas una gran brecha en las líneas enemigas.

El rey impaciente determinó que era el momento de que la caballería pasara a la acción.

—Debemos aprovechar la brecha —dijo a sus generales en pleno campo de batalla.

No estaba de acuerdo con el rey, pero ya no podía retener más su impaciencia.

—Dejadme ir a mí el primero —le dije.

—Sois el conde espatario, a vosotros os corresponde ese honor —dijo el duque Siberto, tal vez con la intención de deshacerse de mí.

Organicé a mis hombres, primero iría la infantería guarecida en sus escudos, a la manera romana, flanqueada por la caballería. De esta forma unos protegerían a otros y lograríamos dividir al ejército enemigo en dos.

Tras la avanzada, todo el ejército les seguiría.

Entramos en el río y los sarracenos al vernos se

replegaron para aguantar nuestra envestida. Todo el ejército se puso en marcha y, cuando nosotros estábamos llegando a la otra orilla, el resto de los hombres comenzaban a entrar en el agua.

Cuando me giré, para comprobar la distancia que nos separaba, observé que los hombres del duque Siberto no entraban en el río, lo que hacía era situarse a nuestra espalda.

–¡Traición! –grité, pero ya no podíamos parar la ofensiva.

El hueco dejado por el duque fue ocupado por las huestes del conde Julián, que al mando de un ejército de godos y sarracenos rodeó nuestro flanco derecho. Entonces se lanzaron sin piedad sobre nuestras agotadas, hambrientas y asfixiadas tropas.

La caballería mora era tan veloz, que nuestros hombres apenas veían las espadas hasta que estas les atravesaban el corazón. Cuando caían al río, sus pesadas armaduras les impedían ponerse de nuevo en pie. Para más desgracia, en aquel flanco estaba el rey y su escolta.

–¡Hilderico, tenemos que proteger al rey! –grité, pero antes de que pudiéramos cambiar el rumbo, las tropas moras nos atacaron de frente.

Resistimos el envite, pero yo no dejaba de observar la difícil posición del rey y sus hombres.

Logré matar a varios sarracenos y moverme con diez hombres en dirección al rey. Le observé combatiendo con todas sus fuerzas, matar uno a uno a todos los musulmanes que se le acercaban, su armadura estaba teñida de rojo y aboyada por los golpes que sus enemigos le daban a traición.

–¡Socorred al rey! –grité desesperado.

Había tantos hombres entre nosotros, que apenas había matado a uno, otros dos moros se lanzaban contra mí.

El rey seguí dando mandobles sin descanso. Su espada estaba mellada y sus hombres no daban abasto a matar moros. Entonces bajaron de los caballos y se dirigieron a un cerro cercano para protegerse mejor.

Yo logré aproximarme un poco más, desde la distancia podía ver claramente, que ahora el número de soldados enemigos se había doblado, como si olieran la sangre real.

Uno a uno los hombres del rey fueron cayendo. Al final, él solo combatía sin dejar de gritar y maldecir.

Estábamos apenas a unos pasos, podía oler la sangre que recorría el cuerpo del rey, observar su rostro amoratado por el esfuerzo. Por unos segundos nuestras miradas se cruzaron y le vi sonreír, como si siempre hubiera soñado con morir de esa manera. Con una espada en la mano y la satisfacción de luchar hasta el final.

Varios soldados comenzaron a acuchillarle y cayó al suelo. Ya no le volví a ver entre la multitud de enemigos que nos rodeaban.

—Escapa Hilderico —ordené.

Mis hombres me miraron sorprendidos.

—Que no se pierda todo hoy —repetí.

Media docena de sarracenos me rodeó y noté las cuchilladas por todas partes. Me caí al suelo y un dulce sueño me embargó. La muerte es la más dulce de las damas, cuando ya no merece la pena vivir.

Los sarracenos siguieron clavando sus espadas, mientras yo soltaba la mía y me encomendaba a Dios.

El silencio cubrió el campo, un silencio suave, como la caricia de una madre. Suspiré imaginando a Egilona, la vi vestida de novia frente al altar, en una capilla cubierta de flores. Allí estaban todos mis seres queridos. Mi padre y mi madre, los abuelos y mis amigos. No sabía que la muerte era un estado tan placentero.

22. MUERTO EN VIDA

El 26 de julio del 711 perdimos Hispania para siempre. Fue una jornada trágica para la cristiandad, el principio del fin para muchos. Tal vez hubiera preferido no despertar nunca más, pero Dios tenía destinado otro destino para mí. Nunca te rindas, no importa lo difícil que a veces se ponga el camino, siempre hay una esperanza detrás de cada desgracia.

Mi amigo Hilderico, que era prisionero como yo, me contó que estuve varios días entre la vida y la muerte. Al parecer fue el propio Tarik el que me vio entre la multitud de cuerpos que sembraban el campo de batalla. Llamó a su mejor médico y me guardó en su tienda, hasta que recuperé la consciencia.

Cuando desperté el propio Tarik estaba al lado de mi lecho. Me miró con sus ojos negros y sonriendo me dijo:

—Me temo que no tuvimos la oportunidad de enfrentarnos en la batalla, me hubiera gustado batirme con vos, por eso os he curado, tal vez Dios nos permita encontrarnos en otro combate.

Intenté incorporarme, pero un fuerte dolor en el costado me tumbó de nuevo.

—No hagáis esfuerzo, los médicos han dicho que es mejor que descanséis —dijo Tarik.

—¿Para qué vivir? El reino y su rey están perdidos, ya nunca los godos se levantarán como los prohombres de estas tierras —dije angustiado al ser consciente de mi situación.

—No queremos destruir a los nobles godos, deseamos vivir junto a ellos y convertir a esta tierra en la más próspera del mundo. No hemos venido a destruir, si no a edificar; no deseamos la guerra si no la paz, para que unidos convirtamos a Hispania en el reino más poderoso del mundo —dijo Tarik.

Sus palabras no me alentaron. Entré en un mutismo que me acompañó durante semanas. Hilderico me narraba cada día las nuevas victorias de los musulmanes, pero la guerra ya no me interesaba.

Al parecer el propio Muza llegó a Hispania con un ejército de dieciocho mil hombres, seguramente quería quedarse con la gloria de su general. Al parecer Muza traía órdenes del califa de Damasco, para intentar atraerse a los nobles vencidos. Muza respetó los títulos de nobleza, las sedes episcopales y prometió el respeto a la práctica de nuestra religión. Aquello no era si no la astucia del que desea controlar los corazones de sus enemigos y evitar que se rebelen contra él.

Los más favorecidos por aquella nueva situación fueron los judíos, que recuperaron sus privilegios y se convirtieron en tesoreros de los caudales públicos.

Mientras los musulmanes avanzaban hacia Toledo, el resto del reino se rendía sin apenas resistencia. Tarik decidió seguir a su señor y me trasladó en uno de sus carros, primero a Córdoba, ciudad que siempre amaron los sarracenos.

El duque Sisberto continuó ayudando a los musulmanes, pero pedía insistentemente que se proclamara la legitimidad de Agila II.

Muza le recibió en Córdoba y como veían ido, me permitieron asistir al encuentro entre el traidor y sus cómplices.

Sisberto entró en la sala del castillo muy ufano. No entendía la actitud de sus aliados y su negativa a nombrar a su candidato como rey de Hispania. En la entrada, unos soldados les desarmaron y les hicieron postrarse ante Muza.

El duque miró hacia mi lado y con un gesto de desprecio dijo:

–¿Qué hace este mísero traidor aquí?

Yo no reaccioné. No me importaban sus palabras, de hecho no había nada que lograra sacarme de aquel letargo.

–Dejadle, don Pelayo es mil veces mejor guerrero y hombre que vos –dijo Tarik.

El duque intentó disimular su cara de disgusto y en seguida se dirigió a Muza.

–Gran señor, mi pueblo os estará eternamente agradecido por habernos liberado del impostor que ocupaba el trono. Vuestra ayuda nos ha liberado del más duro yugo que Hispania ha conocido jamás. Agila II os agradece todo lo que habéis hecho por su reino, pero no entiende la demora en ser nombrado monarca de estas tierras.

–Hispania es un reino muy grande para figuras tan mezquinas como vos y vuestro rey. El califa de Damasco me ha encomendado el gobierno de estas tierras, ahora pertenecen a Alá. A vos y vuestro rey os ha donado la Tarraconense, allí podréis hacer lo que os plazca. Aunque estaréis sometidos a nuestra estrecha vigilancia y control ––dijo Muza sin inmutarse.

–Eso es inadmisible, vos prometisteis poner en el trono a Agila II –dijo el duque fuera de sí.

Muza se puso en pie y tomó una de las espadas de sus guardas. La puso sobre el cuello del duque y le dijo:

–Estas tierras ya tienen quién las gobierne.

Después empujó al duque que cayó al suelo temblando. Sus hombres le ayudaron a levantarse y salieron de la sala. Tarik miró inquieto a Muza.

–Tal vez deberíamos haber esperado a asegurar el reino antes de decirles la verdad.

–Ya no soportaba más a esas ratas. De todas formas, ya no los necesitamos. En unos días entraremos en Toledo y nos ceñiremos la corona de Hispania —dijo Muza sonriente.

Yo permanecí callado en un rincón de la sala. Después de terminada la reunión, Tarik me llevó por los jardines del castillo. El frescor del jardín contrastaba con aquel caluroso verano.

—Don Pelayo, qué triste es ver que los traidores prosperan en todas partes —dijo Tarik.

No comenté nada al respecto y seguimos caminando.

—La vida es extremadamente compleja, pero me gustaría contar con vos. Como os he dicho nuestra intención no es destruir este reino si no gobernarlo bajo los preceptos de Dios.

—¿Qué Dios? —pregunté. Hablando por primera vez desde que me había despertado de mi larga convalecencia.

—Únicamente hay un Dios, Alá. Vosotros lo llamáis Jehová, pero es el mismo Dios. Si estudias nuestras leyes y mandamientos, descubrirás que no son muy distintos de los vuestros.

—Durante un año estudié en un monasterio y os puedo asegurar que para los cristianos no hay guerras santas —le contesté.

—Pero creéis que Dios os acompaña a la batalla y que os es favorable —dijo.

—Sí, pero nuestro Dios prefiera la paz de todos los hombres, eso vino a traer Jesucristo —le expliqué.

—Para nosotros Jesucristo es el más alto profeta después de Mahoma.

—Por eso os digo que no creemos lo mismo, para los cristianos Jesucristo es Dios hecho carne. Emmanuel significa Dios con nosotros —le dije.

Tarik se quedó pensativo. No conocía nada de la religión cristiana. Durante muchos años había seguido a los dioses idolátricos de los bereberes y llevaba muy pocos años convertido al islam.

—No veo que eso impida que convivamos. Todos somos hijos de Dios —dijo Tarik.

Aquel hombre parecía sincero, debajo de su aspecto de guerrero temible se escondía un prudente general, que sabía que la mejor estrategia era llegar a acuerdos con tus enemigos.

–¿Soy vuestro prisionero? ¿Qué pretendéis hacer conmigo, pedir un rescate o venderme como esclavo?

–Ni una cosa ni la otra. Ya os he dicho que deseo ser vuestro amigo y que juntos sirvamos a este reino.

Nos alejamos del jardín cenamos algo ligero, según la costumbre musulmana y después me fui a descansar. Ya no dormía en una celda, aunque algunos de mis amigos si seguían haciéndolo, podía haber escapado, pero mi honor me lo impedía. Aunque lo que realmente me ataba a Tarik era la curiosidad y el deseo de entrar en Toledo para poder ver a mi amada.

23. UN NUEVO ENGAÑO

Un día antes de que partiéramos para Toledo llegó Abd al Aziz, el hijo de Muza. Al parecer su padre le había hecho llamar para ponerle como gobernador de todo el reino. Salimos de Córdoba con un gran ejército, logré que a mis hombres se les liberara y, aunque no portábamos espada, cabalgábamos junto a nuestros enemigos como un soldado más.

En el camino se me aproximó Hilderico y comenzó a háblame en susurros.

–Veo que estáis mejor. ¿Cuándo huiremos de estos infieles? –preguntó.

–Todavía no, debemos llegar a Toledo y llevarnos a Egilona. Ante de partir a la guerra le prometí que la cuidaría, además no quiero pensar de lo que son capaces de hacerle estos herejes –contesté.

–Somos cuatro, podemos escapar con ella fácilmente y dirigirnos al norte, al parecer muchos nobles se están refugiando en el reino de los francos.

Uno de nuestros guardianes se aproximó a nosotros y nos quedamos callados.

Después de dos días de camino, las fuerzas se dividieron, Tarik marchó con un gran ejército para terminar de conquistar Hispania y Muza se dirigió a Toledo con nosotros.

–Es hora de que nos despidamos –dijo Tarik haciendo un gesto cortés.

–No puedo desearos suerte –le contesté.

–Lo comprendo. Espero que encontréis lo que buscáis –dijo Tarik.

–No os entiendo –comenté extrañado.

–Don Pelayo, parecéis un hombre que todavía no ha encontrado la dicha, sin duda estáis buscando algo, posiblemente vuestro destino. Espero que algún día sepáis cuál es vuestra misión en este mundo –dijo Tarik.

–Que Dios os bendiga, Tarik –le dije.

–Que Alá, el misericordioso, os prospere –contestó él.

Seguimos nuestro camino hasta Toledo. La ciudad estaba casi desierta. Muchos habían huido ante el avance musulmán, aunque Egilona y su madre habían permanecido en palacio junto alguno de sus súbditos.

Entramos en las murallas y nos alojamos en el castillo del rey. Muza reforzó la guardia y desarmo a todos los soldados cristianos, aunque algunos se convirtieron al islam para conservar sus privilegios. Ese comportamiento lo había observado muchas veces, gran parte de los nuestros no tenían ninguna dificultad en abrazar el islam, no sé si por falta de conocimiento o de escrúpulos.

Cuando entramos en la sala real, Egilona no estaba sentada en el trono. La única que nos esperaba era su madre la condesa de Brieva. Seguía siendo hermosa a pesar de los años, aunque su rostro comenzaba a reflejar el verdadero estado de su corazón corrompido.

Muza quedó impresionado por la belleza de la mujer y ésta aprovechó sus armas para engatusarlo.

–Mis ojos contemplan a la más bella mujer de Hispania –dijo Muza.

La condesa bajó la mirada, como si sintiera vergüenza, aunque sin duda no sabía lo que significaba aquella palabra.

–Soy la condesa de Brieva, madre de la reina, doña Egilona. Mi hija no se encuentra bien, todavía viste de luto por la muerte de su amado esposo el rey Rodrigo.

–Lo entendemos, si la belleza de la hija es la mitad de la de la madre, en este palacio se guarda el mayor tesoro del reino –dijo Muza.

Yo permanecí en segundo plano, la mujer no me reconoció ya que vestía ropas musulmanas y me había dejado crecer la barba al estilo árabe.

–Esta noche hemos preparado una cena en vuestro honor –dijo la condesa.

–¿Por qué vestís toda de negro? –preguntó Muza.

–Estamos de luto, señor –contestó la condesa.

–En mi país vestimos de blanco en el luto –dijo.

La mujer se quedó pensativa y luego dijo:

–Pues ya que ahora sois el gobernador de estas tierras, vestiremos nuestro dolor del color de la pureza.

Nos retiramos a descansar. Yo seguía vigilado, pero logré ver a una de las damas de la reina, llamada doña Cintia.

–¿Podéis enviar un mensaje a vuestra señora? –pregunté a la mujer.

La joven se quedó mirándome extrañada. Sin duda mis ropas no le permitían reconocerme.

–¿Quién sois? ¿Cómo es que habláis nuestro idioma? ––preguntó la joven.

–Soy don Pelayo.

Doña Cintia me miró como si viera un fantasma.

–Es imposible, se anunció vuestra muerte junto al rey.

–Pues no estoy muerto, fui herido gravemente, pero sobreviví –le contesté.

–Mi señora os ha llorado todos estos meses, aunque muchos creían que lloraba al rey. Su luto es por vuestra muerte, creía que os había perdido para siempre –dijo la joven.

–Dale este mensaje, espero verla esta noche después de la fiesta, intentaré escaparme de mis guardianes –dije señalando con un gesto a los dos soldados que me seguían a todas partes.

La mujer tomó la nota y se marchó por el pasillo.

Después entré en mi aposento para descansar un poco.

A la hora de la cena se escuchaba música en el gran salón. La condesa de Brieva había gastado las últimas monedas que le quedaban en impresionar a Muza. Una vez más estaba sin protección y sin duda, la buscaría bajo el poder del musulmán, sin importarle mucho lo que esto pudiera significar.

Cuando entré en el salón vi que la mayoría de los comensales eran mujeres. Los hombres habían huido o muerto en la batalla. Los musulmanes se sintieron complacidos al verse rodeados de tan bellas mujeres.

No me acerqué a la mesa de la reina. Me senté en un extremo. Todo lo que veía allí me daba nauseas. Nuestras mujeres exhibiéndose ante nuestros enemigos como meretrices, la reina y su madre vestidas con ajustados vestidos blancos. Sin duda aquello se parecía más a Sodoma, que a la capital de un reino cristiano. Algunos obispos asistieron a la cena, pero recibieron a Muza como a un rey y besaron su mano.

Muza y su hijo Aziz se situaron junto a la reina y su madre. El árabe dudó sin sentarse en el trono del rey, pero la condesa con un gesto le invitó a sentarse.

Egilona parecía ausente, como la había visto muchas veces. No sabía si había recibido mi nota, pero sus ojos inexpresivos miraban al suelo.

—Vuestra hija es tan bella como su madre —dijo Muza, mientras observaba con descaro a la reina.

—Vuestro hijo también es de bella condición —dijo la condesa.

—Gracias.

—Aunque, su belleza la debe sin duda a su noble padre —dijo la condesa.

Los dos se rieron y el resto de los invitados comenzaron a comer.

—Tomáis vino —dijo la condesa.

Muza se quedó dudando. Lo cierto es que lo tenían prohibido, pero aquella noche el árabe no estaba dispuesto a renunciar a ningún placer de la carne.

–Beberemos en vuestro honor –contestó Muza.

Aziz comenzó a hablar con Egilona, la reina no le hizo mucho caso al principio, pero al final los dos comenzaron a sonreír. Me sorprendió la actitud de mi prometida, aunque pensé que se trataba de un plan para que nuestros enemigos se confiaran. Dudé de que la dama le hubiera pasado mi nota e intenté pasar ese mal trago bebiendo vino, el primero que probaba desde mi cautiverio.

El vino logró hacerme olvidar en parte mis desgracias. La fiesta se convirtió en una orgía, aunque la reina y su madre guardaron en parte la compostura. La condesa no dejaba de acariciar el rostro de Muza y sonreírle, Egilona parecía más animada que al principio, tal vez por los efectos del vino.

Hilderico, mi fiel servidor, me tomó del brazo y me dijo:

–Será mejor que nos retiremos. No tiene sentido que sufráis tanto.

Al principio me resistí, quería ver con mis propios ojos la traición de Egilona, tal vez eso me convencería de que nuestro amor era imposible.

La reina viuda se inclinó ante el hijo de Muza y dejó que este le besara en la mejilla.

–Vámonos, ya he visto suficiente –dije, levantándome con ímpetu.

Egilona miró en ese momento hacia nosotros y me vio por primera vez. Nuestras miradas se cruzaron y pude ver en la suya, vergüenza y tristeza. Nos dirigimos a la salida y caminamos por el pasillo hasta mi habitación.

–Permitidme que os diga, que esa mujer nos ama –-comentó mi fiel Hilderico.

–¿Por qué Dios nos hace amar a aquellos que nos aborrecen? –pregunté.

No es Dios, somos nosotros. A veces nos encaprichamos de personas que no son como imaginamos –dijo Hilderico.

Escuchamos un ruido tras la puerta y nos pusimos en guardia. Hilderico la abrió de golpe y una joven cayó al suelo de golpe.

Hilderico la cogió por el cuello y la llevó hasta mí.

–¿Quién eres? –pregunté.

–¿Acaso no me reconocéis?

Nos miramos sorprendidos. El rostro nos parecía familiar, pero…

–Soy Sara, aunque vosotros me presentasteis como doña Constancia.

–La joven judía –dije sorprendido.

Estaba muy cambiada, su aspecto varonil se había transformado en una hermosa mujer.

–No sabíamos nada de vos, desde que nos fuimos a la guerra.

–La reina me guardó, nadie sabe mi origen. Al conocer la complicidad de los judíos en el desembarco de los moros, en la ciudad se produjeron matanzas contra mi pueblo, pero yo logré refugiarme en palacio –dijo la joven.

–Entonces, vos habéis visto a Egilona todos estos meses.

–Sí, mi señor.

–¿Es cierto que lloró por mí? –pregunté.

–Pasó varias semanas llorando tras enterarse de vuestra muerte –contestó.

–Pues ahora no parece muy contenta de verme –dije.

–Su madre ejerce un gran influjo sobre ella. Egilona no puede evitar obedecerla, aunque muchas veces no esté de acuerdo con ella.

Me quedé pensativo. No quería darle más oportunidades a la que tantas había tenido, pero seguía amándola.

–Yo os puedo ayudar a escapar. Conozco el castillo como la palma de mi mano.

–¿Escapar? –pregunté.

–Deberíamos irnos. Aquí no hacemos nada y vivimos por el capricho de Muza y Tarik –dijo Hilderico.

—Pero somos prisioneros de Tarik, le debemos la vida —contesté.

—La vida se la debemos a Dios, pero estos tan solo son nuestros enemigos —dijo Hilderico.

Las palabras de mi amigo eran ciertas, pero siempre había cumplido mi palabra y nunca había traicionado a nadie.

—Esperaremos un par de días, quiero ver qué sucede con Egilona.

—Esperaremos —dijo Hilderico.

La joven judía estaba a punto de marcharse cuando le pregunté:

—¿Piensas que la condesa de Brieva estaría dispuesta a casar a Egilona con un infiel?

—Sí —dijo la joven.

—¿Por qué?

—Lo he oído de sus propios labios. Antes de la fiesta estaban hablando madre e hija, la condesa dijo a Egilona que tendría que casarse con el hijo de Muza, si no querían perderlo todo —contestó la joven.

—La perfidia de esa mujer no tiene límites —dije.

Alguien llamó a la puerta y los tres nos quedamos petrificados.

—Escondeos —dije a mis dos amigos.

Me aproximé a la puerta y la abrí. Era el mismo Muza.

—Nos iremos pasado mañana, os lo digo para que os preparéis.

—Gracias —le contesté con el temor de ser descubierto.

—Espero que sepáis apreciar nuestra hospitalidad —dijo mientras comenzaba a caminar por el pasillo. Saqué la cabeza y creí ver a lo lejos a la condesa de Brieva que le esperaba, cuando Muza llegó hasta ella ambos se abrazaron.

Tras cerrar la puerta, Hilderico y la joven judía se acercaron hasta mí.

—Quiero ver a Egilona por última vez. ¿Podrías hablar con ella? —pregunté a la joven.

–¿Esta noche? –preguntó.
–Sí, inmediatamente.
–Lo intentaré.
La joven dejó el aposento y Hilderico me observó extrañado.
–Necesito verla antes de que nos marchemos, creo que de esa manera perderá su influjo sobre mí, quiero ver a la verdadera mujer y no a la que he formado en mis sueños.
Media hora más tarde, la joven judía trajo a la propia reina hasta mi dormitorio. La reina llevaba el rostro cubierto y una expresión de preocupación. Nos dejaron solos y la invité a acomodarse en una silla.
–Creía que habíais muerto –dijo la reina.
–Desafortunadamente no –contesté.
–No digáis eso. Llevo semanas llorando vuestra pérdida.
–¿Habéis recibido mi nota? –pregunté enfadado.
–Sí, pero no he podido contestaros. Mi madre no me ha dejado sola ni un momento-dijo la reina.
–Creo que ya os ha buscado un nuevo pretendiente –
-dije.
–Sabéis que solo os amo a vos –dijo intentando acariciarme la cara.
Me aparté y mirándola a los ojos le dije:
–La única forma de que os crea es que me acompañéis esta misma noche, pretendo huir al norte y unirme a los valientes godos que aún resisten.
Egilona se quedó pensativa. Sus tristes ojos mostraban la impotencia de un carácter débil y cobarde. No estaba dispuesta a arriesgarlo todo por una vida incierta y llena de calamidades.
–No puedo dejar sola a mi madre –contestó.
–Vuestra madre sabe sobrevivir sola –le dije.
–Lo siento, Pelayo –dijo poniéndose en pie.
Abandonó la habitación y yo me quedé quieto. Sentía un fuerte dolor en el pecho, como si me hubiera partido el alma en dos. La verdad sin máscaras es la más dolorosa de

las heridas. Me apoyé en la cama y caí de rodillas. Aquella noche la pasé discutiendo con Dios, no quería volver a dar ningún paso sin su consentimiento.

24. DESESPERACIÓN

No me atreví a escapar aquella noche, más que valor me faltaban fuerzas. Dos días después seguí a los ejércitos de Muza, pero apenas comía ni hablaba. Lo que yo creía remedio se había convertido en un duro castigo. Egilona era lo único que me había aferrado a la vida en horas desesperadas, ahora ya nada merecía la pena.

Hilderico me animó a escapar, pero no le hice caso. Cuando Muza se cansó de exhibirme por Hispania, me mandó junto a mis hombres al sur. Ya no le servía como ejemplo de noble godo unido a la causa musulmana. Los soldados de Muza nos llevaron hasta Antequera y allí encontré mi salvación.

Es extraño el influjo que algunos hombres tienen sobre nosotros. En Antequera conocí a un varón de Dios que me devolvió las ganas de vivir y me enseñó que todos debemos cumplir con nuestro destino, por eso hijo mío, no te dejes vencer por las adversidades, que Dios no nos da ninguna que no podamos soportar.

Entrando en la ciudad pasamos delante de un monasterio y pedí a mi escolta que me dejara entrar para confesarme, tan cerca veía ya mi muerte. La oscura y fresca capilla logró descansar mi alma atormentada, después me dirigí a uno de los monjes, para pedirle confesión.

–Hermano, podéis confesarme –le dije en un murmullo. Llevaba semanas sin hablar y muy débil por mi ayuno voluntario.

El monje mi miró con la paz de aquellos que se saben a bien con Dios u los hombres. Después con un gesto suave me indicó un lugar apartado de la capilla. Los escoltas se quedaron atrás, junto a mis amigos.

–Veo que sois prisionero del infiel –dijo el monje.

–Esa es la menor de mis prisiones –contesté.

–Sin duda, la peor prisión del hombre está en su alma y por vuestro rostro, percibo que la vuestra está muy atribulada.

–He perdido todo lo que amaba. Ya no me queda nada.

–¿Cómo os llamáis? –preguntó.

–Don Pelayo –le dije.

–¿Don Pelayo? ¿Uno de los héroes de nuestro mal logrado reino?

–¿Héroe? No, simplemente un soldado derrotado –le dije.

–Se cuentan vuestras gestas, de los moros que matasteis y de cómo intentasteis salvar al rey –dijo el monje.

–Los poetas siempre adornan las batallas, aquello fue simplemente una carnicería –contesté.

–Yo soy el abad Miguel, sobrevivimos gracias a los donativos de los más pobres. Desde que llegaron los moros, nos han arrebatado todo y nos llenan de impuestos –dijo el abad.

–Padre, me alegra conoceros.

–Sois un buen hombre, don Pelayo. No debéis que os venza la tristeza –dijo el abad.

–Lo único que deseos es la muerte.

–Dios quiere que el hombre viva, ya lo dijo san Irenio.

–Pero yo no deseo vivir –le contesté.

–Necesitamos caudillos como vos, gente que se pueda enfrentar a los moros –dijo el abad.

–He jurado no usar más mi espada.

–Hay juramentos que no son válidos, porque se hicieron llevados por la desesperación. Quedaros con nosotros una temporada y sanaros el alma, querido amigo –me ofreció el abad.

La oferta me atraía. De joven había vivido en un monasterio como aquel y había sido una de las épocas más felices de mi vida. Miré a mis escoltas y los llamé.

—Decid a vuestro señor, que me recluyo en este convento, que no tema ni por mi vida ni por mi espada.

Los soldados moros me miraron sorprendidos, pero Hilderico intervino.

—Mi señor se ha convertido en religioso con este acto, un hombre santo, no le podéis tocar.

Los moros no conocían nuestras costumbres, por lo que no se extrañaron de lo que les decía mi fiel amigo. La escolta se marchó con Hilderico, Osorio y Liuva, estaba seguro de que ellos podían apañárselas mejor sin mí.

El abad me dio ropas de monje, me facilitó una celda y me dedico gran parte de su tiempo. Yo llevaba vida monacal, respetando los ayunos, las oraciones y las lecturas de los monjes. Por las tardes, los dos dábamos largos paseos mientras el abad me explicaba la historia de David, el pastor convertido en rey de Israel.

—David amó a una mujer que le hizo alejarse de Dios —dijo el abad.

—No conocía la historia.

—Al parecer, una tarde calurosa, después de que el rey se hubiera echado una siesta, se asomó al balcón de su aposento y observó a una bella mujer desnuda, Betsabé. Mientras su marido luchaba en el frente, el ocioso rey David se encaprichó de la mujer, la tomó y al poco ella quedó embarazada, como su marido estaba luchando, cuando naciera el niño se descubriría el engaño.

—¿Qué hizo David? —le pregunté intrigado.

—Lo peor que podemos hacer en estos casos, cometer un pecado mayor para ocultar el primero. Mandó llamar a su marido Urías y le incitó para que acostara con su esposa, pero Urías era tan noble que se negó a reposar en su casa mientras sus compañeros de armas combatían. Al final, Urías regresó a la batalla sin haber dormido con su esposa —narró el abad.

—¿Qué hizo el rey?

—Le mandó con una carta cerrada para su general, en ella David ordenaba que pusieran a Urías en primera línea y que le abandonaran cuando fueran atacados. El hombre murió luchando por su rey —dijo el abad.

—¿Cómo pudo hacer el rey David algo tan despreciable? —le pregunté horrorizado por la historia.

—Los seres humanos somos capaces de las más grandes vilezas y las mayores heroicidades —dijo el abad.

—¿Qué sucedió al final?

El profeta Natán fue a ver a David y le narró la historia de un hombre pobre y un hombre rico. El hombre rico recibió una visita en su casa y mandó a sus siervos que fueran a casa de su vecino que era pobre, para que mataran a su única oveja, para ofrecerla a sus invitados. Cuando David escuchó la historia entró en cólera. ¿Cómo era posible que alguien hiciera algo así? El profeta le dijo que él era aquel hombre injusto, que teniendo a su disposición todas las mujeres de Israel, le había robado la suya a Urías —dijo el abad.

—¿Qué hizo David? —pregunté.

—Se arrepintió. Esa era la grandeza del rey pastor. Tenía un corazón humilde. No importa lo que hayas hecho, don Pelayo. Dios siempre acoge al pecador arrepentido.

Noté cómo se me hacía un nudo en la garganta. Las palabras del abad me llegaron a lo más profundo del corazón y escuché una voz en mi mente que me decía: tú eres como el rey David, yo te he escogido.

Después de dos meses de paz y felicidad en el monasterio recibí una inesperada visita. Liuva llegó con su arrolladora fuerza, trayendo noticias del mundo exterior.

—Señor, los nobles godos se han rendido por completo. Muchos pagan impuestos al moro, otros se han convertido a su religión, para poder conservar sus privilegios. El pueblo anda sin guía ni esperanza —dijo Liuva.

—Ya no me importan las cosas de este mundo —le contesté.

–Hay algo que debéis saber, Hilderico…

–Se me heló la sangre y contuve la respiración antes de que Liuva continuara.

–Hilderico ha sido asesinado por los moros. Intentó escapar con nosotros, pero fue alcanzado por unas flechas.

Aquella noticia me sacudió el alma. No había tenido siervo ni amigo mejor. Es difícil encontrar amigos en el largo camino de la vida, más aún conservarlo hasta la muerte, Hilderico había sido como un hermano para mí.

El abad intentó animarme y tomándome por los hombros me dijo:

–Hasta cuándo miraréis para otro lado mientras el pueblo sufre.

–Yo ya he pedido todas las batallas –le contesté.

–Todas no, aún quedan muchas por luchar –me replicó.

–Dios ha mostrado una señal –dijo Liuva.

Me extrañó su comentario, ya que mi siervo no era muy religioso.

–¿Qué señal? –preguntó el abad.

–Se ha encontrado el sepulcro de Santiago y muchos creen que Dios quiere que esto nos una contra el infiel.

–¿El apóstol Santiago? –preguntó el abad.

–Sí.

–Eso es un milagro. ¿Dónde se han encontrado los restos? –preguntó el abad.

–En Iria Flavia, en la Gallaecia –dijo Liuva.

–Dios santo, el que evangelizó Hispania se revuelve en su tumba al ver en lo que hemos caído –dijo el abad.

Miré sorprendido al religioso, parecía realmente impresionado.

–Podéis ir a verle por mí, yo ya soy demasiado viejo para peregrinar –dijo el abad.

Ahora entiendo, que aquel buen hombre quería sacarme del retiro voluntario en el que me hallaba. De otra manera, nada me hubiera sacado de esas cuatro paredes, tal vez pensaba que si veía con mis ojos los desatinos de los moros, eso me llevaría a encender una rebelión en todo el reino.

—No tengo recursos para un viaje así –contesté.

—Yo lo sufragaré –dijo Liuva.

—¿Vos?

—Sí, he hecho unos trabajos para el visir, la información se comprar y vende a buen precio –dijo Liuva sonriente.

Al día siguiente partimos para Gallaecia. El viaje no era sencillo, el reino todavía se encontraba en desorden y los asaltantes eran comunes en gran parte del camino. Recorrer los senderos no era recomendable, por lo que nos unimos a un grupo de comerciantes que marchaban hacia el norte. Yo viajaba sobre una mula prestada por el abad y Liuva iba a pie, sujetando la brida.

Tras llegar a las sierras de Córdoba, nos encontramos a unos bandidos que querían robarnos nuestros enseres. Desde la última batalla no había blandido una espada, ni siquiera tenía una a mano, pero Liuva sacó un bulto del equipaje y me alargó una espada.

—Dadnos lo que tenéis, si no queréis morir –dijo uno de los bandidos.

Los comerciantes comenzaron a darles monedas y joyas, pero yo salté del pollino con la espada en la mano, Liuva me siguió y nos lanzamos contra los asaltantes.

—¡Malditas ratas! –grité.

Los bandidos se enfrentaron a nosotros. Eran media docena, parecían viejos soldados sin oficio ni beneficio.

Golpeamos sus escudos rajados y abollados, pero justo cuando estaba a punto de quitar la vida al primero, tiró la espada y dijo:

—Mi señor.

—¿Quién sois?

—Luché con vos en Guadalete, soy uno de los hombres que os siguió al reino de los francos y estos eran mis hombres –dijo señalando al resto.

—¿Cómo ahora os dedicáis a asaltar a los pobres e indefensos? –pregunté enfadado.

—Debemos hacer esto o convertirnos en musulmanes, preferimos morir antes de someternos —dijo el hombre.

Les observé por un momento, parecían pordioseros. ¿Qué había quedado de la nobleza de los godos?

—Nos dirigimos a Gallaecia para ver los restos de Santiago, seguro que estos buenos comerciantes os quieren contratar como escolta hasta allí, ¿verdad? —pregunté a los sorprendidos compañeros de viaje.

El grupo de seis hombres se nos unió en el viaje. Aquello hizo que recuperara mi ánimo. Me sentía de nuevo un hombre.

Al llegar a Córdoba, nos sorprendió ver lo hermosa que estaba la ciudad, pero me negué a entrar. Esperamos a los comerciantes fuera y dos días después la rodeamos.

—¿Por qué no queréis entrar? —me preguntó Liuva, que entre sus virtudes no estaba la de la discreción.

—En esa ciudad me esperan recuerdos amargos —le contesté.

En el monasterio había oído que el hijo de Muza había trasladado la capital del reino a Córdoba, al parecerse su clima más al de su tierra. Egilona vivía allí con él, por lo que era mejor alejarse lo más posible.

Después de varios días de viaje llegamos a Despeñaperros, aquellos montes empinados nos abrían el camino a Toledo, pero no avanzamos mucho más. Al parecer Liuva, desobedeciendo mis órdenes, había entrado en Córdoba y alguno de los hombres del visir le había reconocido. Mi buen amigo había hablado de nuestro viaje en una de las bodegas de la ciudad y el visir había mandado una tropilla para detenernos.

—Deteneos —dijo el oficial de los moros.

—¿Por qué? —pregunté enfadado.

—Tarik no quiere que sigáis vuestro camino, tan noble señor no puede viajar en una mula, con tan poca escolta —dijo el oficial.

—¿Somos vuestros prisioneros? —pregunté.

—Somos vuestra escolta, señor. Os acompañaremos el

resto del viaje.

No quisimos resistirnos, mis hombres habrían muerto en el empeño. Caminamos con nuestros carceleros disfrazados de escoltas.

El resto del viaje fue mucho más cómodo. Ahora teníamos caballos, mejores ropas, armas y dormíamos bajo techo, ya fuera en castillos de nobles godos o ismaelitas.

Al llegar a Iria Flavia nos sorprendió la gran multitud de personas que llegaban para ver los restos del apóstol. Miles de personas caminaban por aquella pequeña villa romana, la mayoría era gente pobre, que caminaba casi descalza, pero algunos nobles también hacían el viaje a caballo.

Entramos en la pequeña iglesia que albergaba el tesoro más grande del reino. Aquel apóstol era la señal de que Dios quería una Hispania cristiana, a pesar de nuestros muchos pecados y desobediencias.

La capilla olía a velas e incienso. No tenía mucha luz natural, pero se veía con claridad el sepulcro. Me acerqué temeroso y me arrodillé. La piedra estaba fría, pero note fuego en mi interior. Por primera vez en mucho tiempo, sentía que la vida regresaba de nuevo a mí.

25. DE NUEVO EN COSGAYA

La visita a Iria Flavia había conseguido que recuperara las fuerzas. Ya no quería regresar al monasterio, pensaba que el destino me llevaba de nuevo a mi antigua tierra. En Cosgaya estaba mi hermana Egiberta, a la que hacía varios años que no había visto. Allí estaba también mi herencia y la casa de mi padre. Tomamos el camino acompañados por la escolta de Tarik, que no se separaba de nosotros en ningún momento.

Viajamos sin prisa, disfrutando de los bosques interminables y los valles labrados, en donde las pequeñas poblaciones de astures seguían viviendo de la misma manera que lo habían hecho durante siglos. No parecía que los musulmanes hubieran invadido el reino. La gente se sorprendía al ver a los bereberes que nos acompañaban, al parecer los moros apenas habían ocupado las villas más populosas.

Cuando llegamos a Cosgaya me esperaba una sorpresa desagradable.

Al enfilar el valle vi el viejo castillo de mi padre, parecía algo derruido y abandonado. La aldea estaba semi desierta y ni los perros salieron a recibirnos al camino. Al llegar a la puerta, la encontramos cerrada a cal y canto. Me acerqué a una anciana y la pregunté.

–Doña, ¿no hay nadie en la casa?

–No, caballero. Estas tierras pertenecieron al conde Favila, pero hace años que las dominan otros señores, creo que extranjeros –dijo la anciana.

–¿Dónde está Egiberta, la hija de Favila? –pregunté inquieto.

–Marchó a Gijón hace tiempo, aquí ya no podía estar.

Aquel descubrimiento me sacudió el corazón, mientras yo lamentaba mis desdichas, mi hermana estaba perdida, sin tierras ni rentas que la ayudaran a sobrevivir.

–Vos os parecéis al difunto amo –dijo la anciana mirándome más de cerca.

–Soy don Pelayo –le dije.

–Señor –dijo la mujer poniéndose de rodillas.

La levanté, me abracé y comenzó a llorar.

–Mi señor, estas tierras os necesitan.

–Volveré, pero antes debo buscar a mi hermana –le dije.

–Vaya con Dios –contestó la anciana con la cara cubierta de lágrimas.

Tomé camino a la ciudad, cabalgaba deprisa, con el alma inquieta por ver cuanto antes a mi hermana.

Dos días más tarde estábamos delante de la ciudad, con su viejo alcázar, el puerto y las casas apretadas en la pequeña península que hacía la tierra, en aquel mar gris.

Entramos en la ciudad sin ningún problema, nuestra escolta nos facilitaba mucho el viaje. Pedimos ser recibidos por el valí, un bereber llamado Munuza, antiguo oficial de Tarik, al que se le había concedido aquellas tierras, por su gran valor en la batalla de Guadalete.

El valí no tardó en recibirnos. Era un hombre alto, bien proporcionado, delgado, de tez blanca y unos grandes ojos verdes. Nos sonrió al entrar, dispuso unos cojines para que nos sentáramos y nos escuchó atentamente.

–Mi nombre es Pelayo, soy conde, un noble godo y amigo de Tarik –dije a modo de presentación.

Los amigos de mi señor Tarik, son mis amigos –dijo el valí.

Mis antepasados poseyeron las tierras de Cosgaya, de allí venimos, al parecer ahora tienen otro señor.

—Muchas tierras se han repartido a valerosos guerreros musulmanes —dijo el valí.

—Aunque no es eso lo que más me preocupa, mi hermana Egiberta vivía en nuestro castillo, pero ahora no sé dónde se encuentra.

—¿Vuestra hermana es Egiberta? —preguntó sorprendido el valí.

—Sí —le contesté.

—Desde que llegó a la villa he protegido su vida, no tenía muchos recursos, por lo que facilité una casa y una pequeña renta mensual —dijo el valí.

—Os estoy muy agradecido —le contesté.

—No podía dejar que una dama de su condición sufriera penurias —dijo el valí.

Con las palabras de Munuza me quedé más tranquilo. Si mi hermana estaba bien, ya no me importaba nada más. El valí nos invitó a comer y a que reposáramos en su casa. El haría llamar a mi hermana, para que nos viéramos en la cena.

Descansamos un poco y nos aseamos, a la hora de la cena acudí ansioso a la cita. Al entran en la sala vi a mi hermana de lejos. Seguía tan bella como siempre, con su pelo largo y rubio en una trenza, la piel rosada y unos grandes ojos azules. Al verme se echó a correr y nos fundimos en un abrazo.

—Hermano —dijo, mientras se le saltaban las lágrimas.

—Hermana, estáis tan bella como siempre —le contesté.

—Me estoy convirtiendo en una solterona. ¿Sabes que perdimos las tierras? Si hubiera sido hombre las hubiera defendido con mi vida —se lamentó.

—No te preocupes por eso —dije volviéndola a abrazar—, me creía solo en el mundo.

—Yo pensaba que estabas muerto —dijo ella.

—Lo estuve un tiempo, pero gracias a Dios ahora estoy bien.

El rey de las montañas

Nos sentamos en la mesa de Munuza, nuestro anfitrión. Tenía preparados los mejores manjares de la ciudad y nos agasajó con su amable conversación.

–Hace mucho tiempo que no he visto a Tarik. ¿Cómo se encuentra? –preguntó Munuza.

–Si os digo la verdad, yo no lo he visto desde hace dos años, pasé por Córdoba sin parar, pero él se enteró de mi intención de peregrinar hasta Iria Flavia para ver los restos del apóstol Santiago y me facilitó una escolta –le conté.

–Tarik siempre tan generoso. Había escuchado hablar de vos, seguramente nos cruzamos en el campo de batalla, aquel día Dios quiso darnos a nosotros la victoria.

Liuva que estaba a mi lado hizo un gesto para desenvainar la espada, pero le retuve.

–Dios castiga a veces a los hombres con otros peores que ellos. ¿Acaso los egipcios no eran paganos y se enseñoreaban de los hebreos? –dije al valí.

Aquel comentario no debió gustarle, porque cambió de tema

–Mañana he organizado una cacería, espero que podáis asistir.

–Os acompañaré con gusto. Llevo años sin utilizar armas, la caza me ayudará a recuperar mi forma –le conteste.

Después de la cena decidí trasladarme a la casa de mi hermana. Era más pequeña, pero sin duda estaría mucho mejor con ella, que con aquel infiel.

Al día siguiente nos preparamos para la cacería. En los alrededores abundaban los osos, los jabalíes y otras piezas importantes. Junto a nosotros había media docena de nobles godos, algunos nobles musulmanes y casi cincuenta siervos. Llevábamos comida para media mañana y las mujeres nos seguían en carros.

Nos adentramos en el bosque, la frondosidad de los árboles y la hermosura de las montañas volvió a deslumbrarme.

Liuva marchaba muy cerca de mí, la mayoría de los

nobles godos me miraban con altanería, como si les molestara que no me hubiera sometido a los invasores. Conocían mi actuación en la batalla de Guadalete y que nunca había cedido a las peticiones de Tarik ni a las presiones de Muza.

Con el tiempo descubrirás, que lo que más odian los hombres fatuos es tu integridad. Puede que envidien tus posesiones o tu posición, a tu esposa e hijos, pero lo que realmente no soportan es la honradez.

Caminamos por un sendero en búsqueda del oso. Marchábamos a pie, con los oídos atentos, ya que el oso huye en cuanto escucha algo de jaleo. Me pareció ver algo a lo lejos. Liuva y yo nos separamos del resto del grupo, para acercarnos a un claro del bosque. Allí, en medio de la luz que penetraba entre los árboles, nos esperaba un impresionante ejemplar de oso pardo.

Tenía unos grandes ojos marrones y unas fauces enormes. Al vernos se puso a dos patas y nos enseñó sus enormes garras.

–Liuva entretenlo –dije.

Mi siervo desvió la atención del oso y arrojé la lanza en mitad de su pecho. El oso lanzó un gruñido de dolor y cayó de espaldas. Nos acercamos para comprobar si estaba muerto. En ese momento lanzó un último zarpazo, que alcanzó a Liuva. Mi siervo cayó en tierra envuelto de sangre. Lo tomé en brazos y me dirigí a donde estaba el resto del grupo.

Al verme llegar con Liuva en brazos, dos de mis hombres se acercaron enseguida. Montamos al joven en el carro y nos dirigimos de regreso a la ciudad.

Munuza nos ofreció su médico personal, afortunadamente la debilidad del oso le había impedido atacarle con todas sus fuerzas. El médico le curó y recomendó que estuviera al menos una semana en cama.

Cuando recuperó el sentido, se encontraba con todo el pecho vendado y en una cama de la casa.

¿Qué sucede? ¿He muerto y he llegado al cielo? –

-bromeó.

¿Por qué decís eso? –pregunté.

–Nunca antes había dormido en una cama, ni había estado tan bien atendido –dijo al mirar una de las siervas que había en la habitación.

–Tenéis que guardar reposo, las heridas son profundas.

El resto de la semana participé en varias cacerías. Eran finales de verano y los nobles querían disfrutar de esos últimos días buenos antes de que llegara el frio.

Liuva comenzó a mejorar y se pasaba el día merodeando por la casa. Aquel tiempo de descanso le permitió conocer un secreto que afectaba a mi familia.

Al parecer, en una de mis salidas, observó que cuando yo me marchaba, su hermana salía de casa durante todo el día. La siguió hasta el palacio de Munuza, allí pasaba la mayor parte del día.

Liuva se había convertido al cristianismo después de unirse a nosotros, en las tierras que él nació, su pueblo seguía practicando sus ancestrales ritos paganos. Desde entonces, como neófito que era condenaba todo lo que se apartara de la fe. Mi siervo creía que mi hermana y Munuza estaban juntos.

Cuando regresé de la última cacería me insinuó sus sospechas.

–Cuando salís de la ciudad, vuestra hermana va a la casa de Munuza –dijo.

–¿A la casa del valí? –pregunté extrañado.

–Sí, pasa allí la mayor parte del tiempo.

Me quedé preocupado y decidí seguirla yo mismo hasta la casa. Justo cuando fuera a entrar la preguntaría, por qué se dirigía a la casa de un hombre musulmán ella sola.

Al día siguiente la seguí hasta la casa y en la puerta del castillo la llamé. La verme se quedó sorprendida y avergonzada.

–¿Por qué vienes a la casa del valí tu sola? ¿Qué pensará la gente si te ve?

Ella bajó la cabeza y no dijo nada. Nos dirigimos a

nuestra casa y una vez allí le volví a preguntar.

Munuza me ayudó cuando estaba sola, tenemos una sincera amistad y conozco al resto de sus mujeres, me gusta estar con ellas cosiendo y charlando. Las mujeres de los nobles godos me ignoran y me siento muy sola.

Las palabras de mi hermana me enternecieron y pensé, que tal vez había sido demasiado desconfiado, le recomendé que no fuera sola a la casa del valí y me di por satisfecho con su explicación.

Pasaron las semanas y Egiberta volvió a ir a casa de Munuza. Eso me enfureció y decidí ir a verlo en persona.

Munuza me recibió cortes mente en su palacio y me invitó a beber un poco de vino, pero rechacé la invitación.

–¿Qué os trae por mi casa, don Pelayo?

–Un asunto muy desagradable. Mi hermana es una mujer bella y joven, ha estado desprotegida mucho tiempo y por eso se ha acostumbrado a vivir sin dar explicaciones a nadie, pero yo soy su hermano varón y no apruebo su comportamiento actual –le expliqué.

–No entiendo lo que decís.

–Para ser más claro diré, que mi hermana viene aquí todos los días. Vos estáis casado y ella es una mujer soltera y eso no conviene a su reputación.

–Yo aprecio mucho a vuestra hermana, es una mujer muy bella e inteligente. Tenemos una entrañable amistad y no veo el mal que pueda haber en ello –dijo el valí.

–No existe la amistad entre hombres y mujeres –le dije.

–Según vuestro libro sagrado, no hay diferencia entre varón y hembra, los dos son una misma cosa.

–No me torzáis las Sagradas Escrituras para justificar vuestros bajos instintos –le dije enfadado.

El valí enrojeció de ira, pero intentó controlarse.

–Deseo proteger a vuestra hermana y a vos –dijo Munuza.

–¿Protegernos? Nos habéis quitado las tierras de mi padre Favila, de mi amada Egilona y ahora los moros queréis quitarme a mi hermana pequeña. ¡No lo consentiré!

—grité al valí.

—¡Habéis agotado mi paciencia! Por amor a Egiberta os he tratado como a un hermano, pero nadie trata así a un siervo de Alá. Tenía la intención de concederos tierras en Cosgaya o cerca de allí, pero debéis cambiar vuestra actitud —dijo el valí.

Aquel infiel intentaba comprarme, pero nada me ataba a este mundo y el único valor que tenía era mi propia dignidad.

—Los pueblos deben poner su confianza en las lanzas de sus soldados más que en el coño de sus mujeres —le dije ofuscado.

—No veo qué lanzas os quedan por arrojar, todas las perdieron en Guadalete y ahora solo les quedan los coños de vuestras mujeres para ofrecernos. ¡Fuera de mi presencia! —bramó el valí.

Salí gritando de la sala, cuando dos de sus hombres intentaron tomarme de los brazos, los empujé con todas mis fuerzas. A pesar del disgusto, me sentía de nuevo liberado, como si todos aquellos años consintiendo la humillación de mi pueblo hubieran desaparecido por completo.

Llegue a casa y mandé a Liuva que llevara a mi hermana a la casa de unos parientes nuestros en Olalíes. Sabía que aquello iba a ofender al valí, pero no me importaba lo más mínimo.

Al día siguiente una docena de soldados llamó a mi puerta.

—¿Conde don Pelayo? —me preguntó el oficial.

—Sí.

—Tenéis que acompañarnos, estáis preso por no haber pagado los impuestos.

Munuza había buscado una excusa para detenerme. Me encerraron en una celda, pero por temor a Tarik, el valí no me hizo daño y decidió desterrarme a Córdoba.

26. CÓRDOBA

Un año antes había hecho el mismo camino escoltado por una guardia mora y vestido como un caballero, pero me sentía prisionero de mis temores y angustias, en cambio ahora regresaba con las manos encadenadas, a pie, pero me sentía verdaderamente libre. Los hombres podrán convertirte en un prisionero, pero nunca en un esclavo. La voluntad humana es capaz de vencer las mayores adversidades.

Tras llegar a la ciudad me encerraron en una cárcel a las afueras de la ciudad. Allí me enteré de que Tarik estaba en Damasco dando cuentas de sus conquistas al sultán. Muza había caído en desgracias tras ser derrotado en la Galia, perdiendo su cargo y sus bienes. Los musulmanes eran muy estrictos entre ellos y no perdonaban la incompetencia.

En mi misma cárcel había otros nobles detenidos por las más diversas causas. Nos custodiaban unos jenízaros gigantescos, que eran muy crueles en sus castigos, pero que no nos trataban del todo mal.

Podíamos recibir visitas de nuestros familiares, pero yo no tenía a nadie que viniera a verme o pudiera pagar mi deuda para verme libre. Pasaron varios meses en la más absoluta calma.

Al año, mi carcelero me informó que un caballero quería verme. Me llevaron a una celda más amplia y vi entrar a mi visita.

El caballero se sentó enfrente y cuando pude ver su rostro me alegré profundamente.

—Mi buen Liuva, ¿Qué hacéis aquí?

—Llevo un año intentando reunir la suma que os piden para ser liberado, pero todavía no lo he logrado, pero no os preocupéis mi señor, la conseguiré.

—No tenías que hacerlo. Ya no soy tu señor, eres libre de hacer lo que te plazca.

—Siempre estaré atado a vos —dijo.

—Sois un hombre libre —insistí.

Liuva se quedó pensativo, era extraño verle tan serio y prudente.

—La única manera de que salgáis antes es con la ayuda de Egilona.

En cuanto pronunció el nombre de la mujer, me dio un vuelco el corazón.

—Nunca aceptaré su ayuda —dije.

—Ella estaría dispuesta.

—Prefiero morir encadenado —contesté.

—Ella es la mujer del visir. Me ha dicho que el valí de Gijón no aceptará el pago, su marido desea liberaros, pero hay que esperar, su padre ha caído en desgracia y esto puede volverse en su contra —me dijo.

—No quiero favores de Egilona ni de su esposo —le contesté.

—Aunque hay otra solución, que escapéis —dijo Liuva.

—Estamos muy bien guardados.

—Las voluntades se pueden comprar, pero me faltan más monedas para conseguirlo.

—Gracias por todo, Liuva, al menos lo habéis intentado.

Mi siervo se marchó cabizbajo y preocupado. No quería que su señor terminara de aquella forma.

Una semana más tarde recibí otra visita. Esta vez de una mujer. Estuve a punto de rechazarla, al creer que podía tratarse de Egilona, pero dudé que se atreviera a tanto.

La visita no era otra que la joven judía que había salvado en Tierra Santa. Se acercó sonriente y me agarró la mano.

—¿Qué hacéis aquí? —pregunté.

—Seguí a Egilona en su viaje a la ciudad y estuve a su servicio hasta hace unos meses, ahora me he casado con un comerciante judío, Elías David —me explicó.

—Me alegro por vos, merecéis ser feliz.

—Hace unos días vi salir de la cárcel a vuestro siervo Liuva, parecía triste y apenado. Le llamé y en breves palabras me contó vuestra actual situación. He tardado unos días en reunir el dinero, pero ya está todo arreglado. Esta noche, uno de los guardianes dejará la puerta de vuestra celda abierta, también la puerta de la parte trasera. Esta es la llave de vuestros grilletes —dijo pasándomela discretamente—, a medianoche os esperaremos con unos caballos. Debéis dejar cuanto antes Hispania.

—¿Nos pondrá eso en peligro?

—No, nadie sabe quién soy ni podrá relacionarme con vos. ¿Por qué una judía iba a ayudar a un godo? —dijo sonriente.

—Gracias por todo.

La joven volvió a sonreír y se puso en pie.

—Os deseo mucha felicidad —dijo antes de irse. El rostro de la joven se iluminó de nuevo. Aquella joven estaba arriesgando su vida por mí. Sin duda Dios tenía alguna misión especial que encomendarme para librarme de la muerte de tantas maneras distintas.

Esperé con impaciencia la noche, apenas me tumbé en la manta que tenía en el suelo. Lo único que lograba calmarme era la oración. Justo a medianoche escuché cómo el carcelero abría la celda. Me hice el dormido y esperé a que se marchara. Unos minutos más tarde me puse en pie y abrí la primera reja, después caminé por el pasillo hasta el patio, atravesé la segunda y, por último, la última reja que me separaba de la libertad. Caminé unos pasos antes de ver los caballos. Mi fiel siervo Liuva y otros de mis hombres me esperaban impacientes.

Monté en el caballo y salimos al galope. Teníamos que

salir del califato antes de que los hombres del visir nos alcanzaran. Viajábamos de noche y evitábamos las poblaciones. Tomamos el camino de la serranía de Puntales.

Después de varios días de camino, descansamos debajo de una gigantesca encina. Me quedé profundamente dormido y tuve un extraño sueño con Egilona. Al despertar me acerqué a Liuva y le pregunté:

—Quiero que me contéis cómo está Egilona.

Liuva me miró sorprendido. Pensaba que prefería no hablar del tema.

—Aunque nuestra buena amiga judía fue a veros, en realidad fue Egilona, que presionó a su madre para que consiguiera sobornar a los guardas. Pedí ayuda a nuestra amiga judía, porque sabía que de otra manera os negaríais a huir.

La revelación de mi siervo me sorprendió. Egilona seguía sintiendo afecto por mí. Yo me había acostumbrado a vivir sin su amor, pero al menos podía pensar en ella, como la mujer que me había salvado la vida.

Me acerqué a mi siervo y le abracé. Liuva se quedó petrificado.

—Que Dios te pague lo que habéis hecho por mí. En mucho tenía mi libertad cuando solo creía que venía de tu mano, pero en más la tengo aún, cuando sé la parte que ha tenido en ella la mujer que siempre está en mis pensamientos y que el destino maléfico a apartado de mí

Me pasé varios días pidiendo a Liuva que me contara una y otra vez lo que había dicho Egilona. De esta manera demostraba una vez más que el corazón es la parte más engaños del ser humano.

Atravesamos el río Cigüela, a partir de ese punto podíamos viajar más rápido. Liuva me indicó el camino que nos llevaba a la Galia, donde otros nobles godos se habían escondido.

—¿Crees que Dios me ha dado mi libertad, para hacer tan infame uso de ella? —le dije enfadado.

Liuva me miró sorprendido. No esperaba que reaccionara de esa manera.

—Mi señor, habéis arriesgado mucho, si os vuelven acoger será para mataros —dijo.

—¿Matarme? ¿Quién puede hacerme daño si Dios no lo consiente? —le contesté.

—Dios y la prudencia son igual de importantes —me dijo.

—No huiré, he recobrado la libertad para combatir a los que no son solo mis enemigos, sino los de toda la cristiandad, y con la gracia de Dios hemos de poder con ellos o morir en el intento.

Me dirigí hacia el camino que me llevaba de nuevo a Gijón. Todavía tenía una cuenta pendiente que resolver.

Viajamos durante semanas hasta llegar a las montañas tras las cuales estaba mi amada tierra. No habíamos llegado a tierra astur, cuando no salió al encuentro un viejo conocido de Gijón.

—Don Pelayo, me alegro mucho de veros —dijo el anciano.

—Yo también a vos.

—Os creíamos muerto. El valí Munuza está destruyendo la ciudad y la comarca con sus impuestos. Ha robado las tierras de la mayoría de nosotros y ha fornicado con la mayoría de las mujeres nobles de la zona —dijo el anciano.

—¿Sabéis algo de mi hermana? —le pregunté angustiado.

—La pobre está encerrada en la casa del valí, muchos dicen que no es la vida que ella esperaba —nos contó el anciano.

A partir de aquel día aceleré el paso. Dos veces había dejado a su suerte a mi hermana, pero no habría una tercera.

—Mi señor, si marchamos directamente a la ciudad, Munuza nos tomará presos o nos matará. Asentémonos en la montaña y preparemos el rescate de su hermana —me dijo sabiamente Liuva.

Las palabras de mi siervo me hicieron pensar que era

mejor actuar con la cabeza que con el corazón.

Buscamos un lugar en donde asentar nuestro campamento. Después de buscar por unos días, llegamos cerca de una laguna grande, donde no nos faltaría la caza, la pesca y el agua. Levantamos un campamento permanente y en cuanto se corrió la voz, unos veinte antiguos soldados míos, se unieron a nosotros.

La gente de valle nos recibió con recelo, algunos creían que veníamos en el nombre del valí para cobrar impuestos, pero después de un par de meses comprendieron que lo único que deseábamos era ayudarles.

Un día nos acercamos hasta el poblado y nos recibieron muy atentamente, había reunión del consejo, estaban repartiendo el impuesto que debían llevar al valí.

–¿Por qué pagáis impuestos a ese infiel? –pregunté.

–¿Qué otra cosa podemos hacer? –dijo uno de los más ancianos.

–Los osos os diezman los ganados y los sarracenos os quitan lo poco que ganáis, ¿Qué os dan a cambio? Nada –les dije.

–Al menos nos dejan en paz –dijo uno de los más jóvenes.

–¿Por cuánto tiempo? Algún día vendrán más herejes y les darán vuestra tierra, ellos quieren terminar con todos los cristianos –les expliqué.

Un murmullo recorrió el consejo. Después el jefe se puso en pie y se dirigió hacia mí.

–¿Quién sois vos, que habláis con esa valentía?

–Me llamo don Pelayo y fui el segundo caballero del reino hasta que el rey murió en la batalla de Guadalete.

–Si erais el segundo, ahora sois el primero –dijo el jefe.

–El mundo ha cambiado mucho, ahora soy simplemente como uno de vosotros, quiero vivir sin que me molesten esos sarracenos –les dije.

–Siempre hemos pagado impuestos –dijo el joven–, vos sois un extranjero que desconoce nuestras costumbres.

–Antes dabais los diezmos y pagabais impuestos a

vuestros señores cristianos, pero Dios no os obliga a que cumpláis con aquellos que son enemigos de Cristo –les contesté.

El consejo comenzó a emocionarse con mis palabras y votaron la decisión de dar o no dar impuestos, la mayoría decidió que no.

Un ermitaño, que había escuchado mi discurso de lejos, se puso entre los vecinos y les dijo:

–¡Escuchad a este hombre! Lo envía Dios para liberarnos de nuestros enemigos.

En la comarca le tenían como un hombre de Dios y la gente se quedó muy impresionada con sus palabras.

Al día siguiente, nuestro grupo había crecido hasta formar cincuenta hombres. También se habían unido algunas mujeres, que nos ayudaban con la comida y el cuidado de las casas.

Mandé a Liuva que preparara a los hombres en el oficio de la espada, el arco y la lanza. La mayoría eran campesinos jóvenes que se habían quedado sin tierras y que no sabía utilizar un arma.

Unos días más tarde, nos llegó noticia de que, en la zona del Ebro, los musulmanes ya no se contaban con el oro y pedían a sus mujeres. Eso exacerbó más los ánimos y toda la comarcar se declaró en rebeldía contra el valí.

Después de dos meses, decidimos trazar el plan para liberar a mi hermana. Cuando el invierno llegara, nos sería imposible llegar hasta la ciudad. Para ello capturamos algunos musulmanes que cobraban impuestos en las montañas más cercanas a Gijón.

A principios de octubre bajamos a la ciudad disfrazados de moros, media docena de hombres eran suficientes para robarle el tesoro más preciado al valí, mi pobre hermana.

27. REBELIÓN

Observamos la ciudad desde la lejanía. Primero deberíamos atravesar la muralla, después acércanos al palacio del valí y por último liberar a mi hermana. No era una misión fácil, sabía que arriesgaba la vida de mis hombres, pero tenía que cumplir mi palabra, era el jefe de mi clan y debía proteger a mi familia.

Descendimos por la ladera y nos mezclamos con el fluir de gente que entraba y salía de la ciudad antes de ponerse el sol. La oscuridad al menos disimularía nuestros rasgos, tan distintos a los bereberes. Nos introdujimos en la ciudad sin dificultad. Nos dirigimos al palacio y buscamos una de las puertas menos vigiladas. Uno de los hombres que nos acompañaban, cuyo nombre ere mateo, había sido siervo del valí y conocía perfectamente todas las entradas del palacio.

En la parte trasera únicamente había dos guardias, que no recibían el relevo hasta media noche, lo que nos dejaba casi seis horas, más que suficiente para encontrar a mi hermana y escapar.

—¿Dónde estará? —pregunté al hombre.

—Sin duda en la parte que está habilitada como harén. Esperemos que hoy el valí no la haya elegido como favorita para pasar la noche —dijo el hombre.

Nos dirigimos hasta la puerta y Mateo habló en árabe a los dos guardas. Mientras él los entretenía Liuva y otro de mis hombres les degolló sin que lograran decir ni una palabra.

Entramos en la fortaleza, pero dejamos a dos de los hombres de guardia, por si alguien se acercaba a la puerta.

Mateo nos llevó por los pasillos oscuros hasta una zona amplia, con un gran patio y varios estanques, era el harén.

Allí conocía a uno de los eunucos y se dirigió a él para hablarle. Después regresó hasta nosotros.

–Nos promete traer a vuestra hermana, si le llevamos con nosotros –dijo Mateo.

–¿Un eunuco negro? –dije sorprendido.

–Esa es su condición –contestó Mateo.

–Está bien.

El eunuco buscó a mi hermana mientras nosotros esperábamos escondidos. En ese momento llegó una pequeña escolta con el propio valí, era la hora de escoger la mujer que pasaría la noche con él.

Al verlo tan cerca, tuve la tentación de lanzarme sobre él, pero además de un suicidio habría sido inútil, eran más que nosotros.

El valí señalo a una de sus concubinas y desapareció con la escolta. Varias siervas comenzaron a prepararla para la noche con su amo.

El eunuco llegó con mi hermana sujeta por el brazo. Parecía nerviosa, como si creyera que aquella noche le tocaba a ella dormir con su carcelero, pero cuando me vio le mudo el rostro. Nos fundimos en un abrazo y salimos de harén a toda prisa. Aún quedaba mucho camino para encontrarnos salvo.

Salimos por la puerta trasera, afortunadamente no se había acercado nadie el tiempo que habíamos estado dentro. Cambiamos las ropas de mi hermana y el eunuco por las de los soldados y salimos a la calle principal. Nadie nos detuvo ni nos impidió el paso, pero al llegar a la puerta de la muralla la encontramos cerrada.

–No podemos quedarnos toda la noche en la ciudad, es demasiado peligroso –dije a Mateo.

–Hay una forma de salir. Desde que llegaron los sarracenos algunos vecinos han creado un túnel para entrar productos sin pagar impuestos.

Mateo nos llevó hasta un mesón pegado a la muralla. El dueño le recibió con un abrazo. Nos dejó pasar y nos dio de beber y de comer antes de que usáramos el túnel.

Estábamos comiendo, cuando una patrulla entró en el mesón. Se nos quedaron mirando, especialmente a mi hermana, que mantenía la cabeza gacha.

–Ha bebido demasiado –dijo Mateo a oficial de la patrulla.

–Dentro de una hora tenéis que regresar a vuestro campamento –dijo el moro muy serio.

Al final se marcharon y respiramos aliviados. Tomamos el túnel y llegamos al otro lado de la muralla sin ningún problema.

Caminamos por el bosque a oscuras hasta una de las montañas cercanas. No creíamos que nadie se daría cuenta de la desaparición de mi hermana hasta el día siguiente. Después de descansar un poco, emprendimos viaje hasta nuestro campamento.

Al día siguiente llegamos al campamento. El número de voluntarios había vuelto a crecer, por todos los valles se había corrido la voz, que los vecinos de la Laguna Grande se habían negado a pagar los impuestos y la mayoría de las villas se había negado a pagarlos.

Aquellas noticias me llenaron de gozo, pero debíamos prepararnos cuanto antes, el valí no tardaría en intentar darnos caza. En cuanto supiera que yo estaba detrás de la rebelión de la comarca, enviaría a todo su ejército para capturarme.

Después de cenar ligeramente, mi hermana y yo comenzamos a hablar.

Tras ser capturado, el valí me mandó llamar a Gijón. Nuestros familiares no se atrevieron a contradecirlos y, si os soy sincera, vine de buen agrado, ya que creía desposarme.

—Pero es un infiel, hermana —le dije.

—Infiel o no era un buen partido y no podía depender de ti para siempre —me dijo.

—¿Qué pasó después?

—Pensé que él te soltaría y se casaría conmigo, pero tras llegar a su palacio. Me hizo cambiar mis ropas y me llevo a su lecho. Yo me negué a dormir con él. Antes debíamos casarnos, él me dijo que eso eran remilgos de niña malcriada. Me resistí, pero me tomó por la fuerza —dijo.

Aquello me encendió de ira, hubiera degollado a ese rufián si lo hubiese tenido entre las manos.

—Después de aquella noche siguieron otras, todas con la misma violencia, hasta que se cansó de mí y me recluyó en el harén.

—Pagará por su ofensa, todos pagarán —dije a mi hermana.

A la mañana siguiente me esperaba la más agradable de las sorpresas. Un grupo de veinte hombres llegó al campamento para unirse a nosotros, al principio no le reconocí, pero cuando se acercó a mí sonriente ya no tuve ninguna duda.

—Osorio, eres tú.

Mi viejo amigo me abrazó y me presentó a sus hombres.

—Llevamos varios años viviendo en los bosques, para no someternos a los infieles —dijo mi amigo.

—¿Qué has hecho todo este tiempo?

—Después de huir del ejército de Muza, vague de un lado para el otro. No sabía nada de vos, por lo que me volví a mi tierra, pero no logré encontrar a mi familia e intenté buscaros. Algunos hombres se unieron a mí, pensé que estarías por estas tierras. Hace una semana alguien me habló de un noble godo que estaba levantando a las aldeas contra los moros y estuve seguro de que erais vos.

—Ahora ya estamos todos, menos el pobre Hilderico que murió —le dije.

—Os seguiré hasta la muerte —contestó Osorio.

El rey de las montañas

Los fieles amigos siempre regresan en los momentos difíciles, sabíamos que aquella felicidad era pasajera y que mucho tendríamos que sufrir antes de deshacernos el yugo de nuestros enemigos.

28. EL REY DE LAS MONTAÑAS

La fe es la fuerza más poderosa de la tierra. Mientras nos lamentábamos y curábamos de nuestras heridas, nuestros enemigos se hacían más fuertes, por el contrario, cuando nos pusimos en pie para combatirlos, todo cambió de repente. Querido hijos Favila, no busques la fuerza en el poder de tus armas, en la punta afilada de tu espada o en los nobles que te siguen y apoyan, la verdadera fuerza está en el pueblo.

En cuanto se corrió la voz que los hombres de nuestro valle no pagaban impuestos, los vecinos de los demás valles hicieron lo mismo. En unos meses disponíamos de un ejército considerable, débil para enfrentarse al moro, pero suficiente para resistirle.

Osorio y Liuva me ayudaban a armar y organizar a los hombres, ninguno de los dos era noble, pero nunca tuve a nadie que me sirviera con tanta devoción y amistad.

Los días pasaban felices, el invierno llegó feroz, pero estábamos preparados para recibirle. Las casas estaban bien construidas, teníamos leña para la chimenea y comida para sobrevivir hasta la primavera. Los días se hacían largos a causa de nuestro encierro, pero el hecho de ser libres no llenaba de una felicidad, que la monotonía no podía apagar.

En aquellos días, lo único que me incomodaba era mi pierna izquierda. La tenía contraída desde la batalla de Guadalete, lo que me hacía cojear. El frío u la humedad me hacían rabiar de dolor muchas noches, pero alguna de las jóvenes que me servían me calentaba la cama, lo que aliviaba mi soledad.

El ermitaño que nos había ayudado con los vecinos terminó de instalarse con nosotros y se convirtió en nuestro sacerdote. Agustín era un hombre anciano, pero disfrutaba de la fuerza y la vitalidad de la gente de la región, capaz de soportar cualquier adversidad o necesidad.

Un día que estaba rabiando de dolor, el ermitaño se acercó hasta mí y me pidió permiso para verme la pierna. La examinó detenidamente y después me dijo:

–El mal de la pierna no está en la herida, os la curaron mal y por eso ha crecido de esta forma el hueso.

Al estirarme la pierna sentí un profundo dolor que dejó sin respiración.

–Creo que pudo colocaros el hueso en su sitio –dijo el ermitaño.

–Sea.

–Pero os va a doler mucho –me advirtió.

–Prefiero sufrir mucho durante un instante, que estar cojo el resto de mi vida –le contesté.

El ermitaño tiró de mi pierna sin previo aviso y me removió el hueso, el dolor fue tan intenso que estuve a punto de desmallarme. Después me ató una tabla a la pierna, para poder fijarla y colocar bien el hueso. Durante varios meses, el ermitaño me cuidaba la pierna, para que recuperara la fuerza y la musculatura que había perdido.

Uno de aquellos días en los que el ermitaño me curaba, comenzó a hablar de mi hermana y Osorio.

–Lamento deciros mi señor, que vuestra hermana y Osorio están juntos.

–Eso es algo que nos os incumbe –le contesté.

–Dios me ha mandado aquí para guardaros del pecado, no podemos luchar de su lado si no nos mantenemos santos –contestó.

–Yo duermo con algunas jóvenes de vez en cuando –le dije.

–Es distinto, mi señor. Las pastoras y campesinas no han de guardar su honra con tanto ahínco, además deben sentirse orgullosas de que un hombre como vos pueda darles un bastardo, pero Egiberta es una doncella.

–Es terca como una mula –le contesté.

–Os recomendaría que la metierais en un convento, pero visto su cabezonería sería inútil, ¿Por qué no la casáis con Osorio?

Lo cierto que aquella idea no se me había pasado por la cabeza, tal vez porque él no era noble, ni si quiera godo, pero sin duda era un buen hombre, amigo y caballero.

–No me convence, ermitaños.

El hombre siguió hurgándome en la pierna y de vez en cuando no podía evitar dar un fuerte bramido.

–Os duelo mi señor, pues más os dolerá las penas de purgatorio, si por vuestra culpa vuestra hermana se va al infierno, eso si no vais vos con ella –dijo el monje muy serio.

–¡Maldita sea! Me vais a arrancar la pierna. Si no queréis que mande que os corten la cabeza, cuidar vuestras manos y vuestra lengua –le amenacé.

El ermitaño no era hombre que tomara muy en serio las amenazas. Había vivido entre árboles y espinos, comido lo que le daba la buena gente del valle o lo que ofrecía la montaña, no temía la muerte ni el sufrimiento, por ello siguió hablando de asunto hasta terminar de curarme la pierna.

–Osorio no es noble, pero es un ben hombre, tiene carácter y sabrá cuidar y dominar a vuestra hermana –dijo el ermitaño.

–Lo pensaré. ¿Os satisface mi respuesta? –pregunté ofuscado.

–Sí, mi señor –dijo el ermitaño sonriente.

Al día siguiente mandé llamar a los dos amantes. Osorio estaba muy nervioso, pero mi hermana Egiberta me miraba desafiante.

–Todo el campamento sabe de vuestros amores. Al

principio pensé en coger un día mi espada y atravesaros a los dos. He tenido mucha paciencia con vos, querida hermana, pero sois terca como una mula y no pararéis hasta veros casada. Con respecto a ti, no esperaba que actuaras así a mis espaldas.

Osorio agachó la cabeza, mientras mi hermana me miraba desafiante.

—Ya que no deseo mataros, la única solución que me queda es casaros. Nunca sangre plebeya había entrado en nuestra familia, pero los tiempos han cambiado. Ya no hay reino ni rey, la cristiandad se ha reducido a un grupo de cabreros en mitad de la nada. Tal vez sea el momento de cambiar todo, para que todo vuelva a ser como antes. Mañana el ermitaño oficiará la boda, eso si os advierto, como sepa de algún problema entre vosotros, a ti hermana te mandaré a un convento y Osorio volverá a pastorear cabras. ¿Entendido?

Los dos afirmaron con la cabeza. Se les veía felices. Egiberta se colgó de mi cuello y comenzó a besarme.

—Gracias, hermano, no he conocido a un hombre más noble y justo que vos.

—Dejaros de zalamerías y reservarlas para vuestro futuro marido —le dije.

—De esta felicidad vendrán otras nuevas —dijo Egiberta.

A la mañana siguiente adornamos una de las casas. Egiberta se puso su mejor vestido y el ermitaño celebró la ceremonia. Era la primera boda que se hacía en el campamento, pero antes de que terminara el invierno, dos decenas de soldados se casaron con muchachas del campamento.

Después de varios meses de frío y nieve, la primavera se anticipó y comenzamos a ver la hierba debajo del monótono manto blanco. Junto al deshielo, también llegaron noticias de Córdoba y de mucho más lejos, de Damasco, donde un nuevo sultán deseaba recibir más impuestos y someter más severamente a sus súbditos no musulmanes.

Desde Córdoba reaccionaron aumentando los impuestos y presionando a los valís, para que los cargaran sobre los cristianos. La rapacidad de los musulmanes caldeó los ánimos de muchos, que hasta ese momento se había comportado impasibles a las constantes humillaciones de los infieles.

A mediados de la primavera, los ánimos estaban tan caldeados, que los jefes de las aldeas decidieron celebrar un *concilium* o asamblea, para discutir el tema.

Se convocó a todos en el monte Auseva, una montaña que tenía origen sagrado. Nosotros no fuimos invitados, pero Liuva se enteró de donde se celebraría la reunión y viajamos hasta allí, con lo mejor de mis soldados.

Cuando los miembros del *concilium* nos vieron bien armados, se quedaron sorprendidos. Algunos habían escuchado de nosotros, pero otros creían que éramos tan solo una leyenda.

La montaña estaba repleta de gente, eran más de tres mil almas reunidas por primera vez para enfrentarse a las decisiones de los sarracenos. Al comienzo, los ancianos presentaron el problema ante la asamblea. Todos los escuchamos con respeto y veneración. Después tomó la palabra, uno de los jefes más jóvenes. Al final, levanté yo la voz.

—Hermanos, estamos aquí para mucho más que para decidir si los impuestos de nuestros enemigos son justo o injustos. De otra manera, sería como decidir si nos dejamos robar mucho o un poco. ¿Quién son esos infieles para exigirnos nada? Dios nos mandó pagar nuestros diezmos y ofrendas a su iglesia, debemos nuestros impuestos a los caballeros cristianos que nos protegen, pero ¿Qué no dan estos moros? Violan a nuestras hijas, arrasan nuestros campos e insultan nuestra fe. ¿Hasta cuándo lo consentiremos?

Se hizo un gran silencio en la montaña. Todos me miraban sorprendidos y expectantes.

—Como Josué dijo días antes de morir: vuestra mente

está dividida entre dos pensamientos, si Jehová es Dios servidle, si lo es Baal

ACERCA DEL AUTOR

Autor Betseller con miles de libros vendidos en todo el mundo. Sus obras han sido traducidas al chino, japonés, inglés, ruso, portugués, danés, francés, italiano, checo, polaco, serbio, entre otros idiomas. Novelista, ensayista y conferenciante. Licenciado en Historia y Diplomado en Estudios Avanzados en la especialidad de Historia Moderna, ha escrito numerosos artículos y libros sobre la Inquisición, la Reforma Protestante y las sectas religiosas.

Publica asiduamente en las revistas Más Allá y National Geographic Historia

Apasionado por la historia y sus enigmas ha estudiado en profundidad la Historia de la Iglesia, los distintos grupos sectarios que han luchado en su seno, el descubrimiento y colonización de América; especializándose en la vida de personajes heterodoxos españoles y americanos.

Su primera obra, Conspiración Maine 2006, fue un éxito. Le siguieron El mesías Ario (2007), El secreto de los Assassini (2008) y la Profecía de Aztlán (2009). Todas ellas parte de la saga protagonizada por Hércules Guzmán Fox, George Lincoln y Alicia Mantorella.

Su libro Francisco. El primer papa latinoamericano ha sido traducido a 12 idiomas, entre ellos el chino, inglés, francés, italiano, portugués, japonés, danés, etc.

Sol rojo sobre Hiroshima (2009) y El País de las lágrimas (2010) son sus obras más intimistas. También ha publicado ensayos como Martín Luther King (2006) e Historia de la Masonería en Estados Unidos (2009). Los doce legados de

Steve Jobs (2012). La biografía del papa Francisco. El primer papa latinoamericano (2013). La Saga Ione (2013) o la Serie Apocalipsis (2012).Saga Misión Verne (2013)El libro más exitoso en España es El Círculo (Top 10 de Amazon).

Printed in Dunstable, United Kingdom